ROMÉO
ET
JULIETTE

William Shakespeare

ROMÉO ET JULIETTE

Traduit de l'anglais
par François-Victor Hugo

HACHETTE Jeunesse

TEXTE INTÉGRAL

Rédaction des notes et de la biographie : Philippe Rouet

43, quai de Grenelle 75015 Paris

PERSONNAGES

ESCALUS, prince de Vérone[1].
PARIS, jeune seigneur.
MONTAGUE, CAPULET, chefs des deux maisons ennemies.
UN VIEILLARD, oncle de Capulet.
ROMÉO, fils de Montague.
MERCUTIO, parent du prince et ami de Roméo.
BENVOLIO, neveu de Montague et ami de Roméo.
TYBALT, neveu de lady Capulet.
FRÈRE LAURENT, moine franciscain[2].

1. Ville italienne de Lombardie.
2. Moine de l'ordre de Saint-François-d'Assise.

FRÈRE JEAN, religieux du même ordre.
BALTHAZAR, page[1] de Roméo.
SAMSON, GRÉGOIRE, valets de Capulet.
ABRAHAM, valet de Montague.
PIERRE, valet de la nourrice.
UN APOTHICAIRE[2].
UN VALET.
TROIS MUSICIENS.
UN PAGE.
UN OFFICIER.

LADY MONTAGUE, femme de Montague.
LADY CAPULET, femme de Capulet.
JULIETTE, fille de Capulet.
LA NOURRICE.

CITOYENS DE VÉRONE, SEIGNEURS ET DAMES, PARENTS DES DEUX FAMILLES ; MASQUES, GARDES, GUETTEURS DE NUIT, GENS DE SERVICE.

La scène est tantôt à Vérone, tantôt à Mantoue[3].

1. Jeune noble attaché au service d'un seigneur.
2. Pharmacien, celui qui prépare et vend des médicaments.
3. Ville de Lombardie, près de Vérone.

PROLOGUE

LE CHŒUR[1]

Deux familles, égales en noblesse,
Dans la belle Vérone, où nous plaçons notre
[scène,
Sont entraînées par d'anciennes rancunes à des
[rixes[2] nouvelles
Où le sang des citoyens souille les mains des
[citoyens.
Des entrailles[3] prédestinées de ces deux ennemies
A pris naissance, sous des étoiles contraires, un
[couple d'amoureux
Dont la ruine néfaste et lamentable

1. Comme dans la tragédie grecque, le chœur présente et commente l'action.
2. Querelles violentes accompagnées de coups, parfois avec des armes blanches, dans des lieux publics.
3. Ventres, flancs.

Doit ensevelir dans leur tombe l'animosité de
[leurs parents.
Les terribles péripéties de leur fatal amour
Et les effets de la rage obstinée de ces familles,
Que peut seule apaiser la mort de leurs enfants,
Vont en deux heures être exposés sur notre scène.
Si vous daignez nous écouter patiemment,
Notre zèle s'efforcera de corriger notre
[insuffisance.

ACTE PREMIER

SCÈNE PREMIÈRE

Vérone. – Une place publique.
Entrent Samson et Grégoire,
armés d'épées et de boucliers.

SAMSON

Grégoire, sur ma parole, nous ne supporterons pas leurs brocards[1].

GRÉGOIRE

Non, nous ne sommes pas gens à porter le brocart.

1. Moqueries, paroles mordantes.

SAMSON

Je veux dire que, s'ils nous mettent en colère, nous allongeons le couteau.

GRÉGOIRE

Oui, mais prends garde qu'on ne t'allonge le cou tôt ou tard.

SAMSON

Je frappe vite quand on m'émeut.

GRÉGOIRE

Mais tu es lent à t'émouvoir.

SAMSON

Un chien de la maison de Montague m'émeut.

GRÉGOIRE

Qui est ému, remue ; qui est vaillant, tient ferme ; conséquemment, si tu es ému, tu lâches pied.

SAMSON

Quand un chien de cette maison-là m'émeut, je

tiens ferme. Je suis décidé à prendre le haut du pavé[1] sur tous les Montagues, hommes ou femmes.

GRÉGOIRE

Cela prouve que tu n'es qu'un faible drôle[2] ; les faibles s'appuient toujours au mur.

SAMSON

C'est vrai ; et voilà pourquoi les femmes étant les vases les plus faibles, sont toujours adossées au mur ; aussi, quand j'aurai affaire aux Montagues, je repousserai les hommes du mur et j'y adosserai les femmes.

GRÉGOIRE

La querelle ne regarde que nos maîtres et nous, leurs hommes.

SAMSON

N'importe ! je veux agir en tyran. Quand je me

---

1. Dans les rues sans trottoirs, avec caniveau au milieu, le meilleur passage était le haut du pavé, le long des murs.
2. Coquin, homme rusé et sans scrupules à l'égard duquel on éprouve de l'amusement et de la défiance.

serai battu avec les hommes, je serai cruel avec les femmes. Il n'y aura plus de vierges !

GRÉGOIRE

Tu feras donc sauter toutes leurs têtes ?

SAMSON

Ou tous leurs pucelages. Comprends la chose comme tu voudras.

GRÉGOIRE

Celles-là comprendront la chose, qui la sentiront.

SAMSON

Je la leur ferai sentir tant que je pourrai tenir ferme, et l'on sait que je suis un joli morceau de chair.

GRÉGOIRE

Il est fort heureux que tu ne sois pas poisson ; tu aurais fait un pauvre merlan. Tire ton instrument ; en voici deux de la maison de Montague. (*Ils dégainent.*)

Entrent Abraham et Balthazar.

SAMSON

Voici mon épée nue ; cherche-leur querelle ; je serai derrière toi.

GRÉGOIRE

Oui, tu te tiendras derrière pour mieux déguerpir.

SAMSON

Ne crains rien de moi.

GRÉGOIRE

De toi ? Non, morbleu.

SAMSON

Mettons la loi de notre côté et laissons-les commencer.

GRÉGOIRE

Je vais froncer le sourcil en passant près d'eux, et qu'ils le prennent comme ils le voudront.

SAMSON

C'est-à-dire comme ils l'oseront. Je vais mordre mon pouce[1] en les regardant, et ce sera une disgrâce pour eux, s'ils le supportent.

ABRAHAM, *à Samson.*

Est-ce à notre intention que vous mordez votre pouce, monsieur ?

SAMSON

Je mords mon pouce, monsieur.

ABRAHAM

Est-ce à notre intention que vous mordez votre pouce, monsieur ?

SAMSON, *bas à Grégoire*

La loi est-elle de notre côté, si je dis oui ?

GRÉGOIRE, *bas à Samson*

Non.

---

1. Faire claquer l'ongle du pouce contre les incisives en signe de mépris.

SAMSON, *haut à Abraham*

Non, monsieur, ce n'est pas à votre intention que je mords mon pouce, monsieur ; mais je mords mon pouce, monsieur.

GRÉGOIRE, *à Abraham*

Cherchez-vous une querelle, monsieur ?

ABRAHAM

Une querelle, monsieur ? Non, monsieur !

SAMSON

Si vous en cherchez une, monsieur, je suis votre homme. Je sers un maître aussi bon que le vôtre.

ABRAHAM

Mais pas meilleur.

SAMSON

Soit, monsieur.

Entre, au fond du théâtre, Benvolio ; puis, à distance, derrière lui, Tybalt.

GRÉGOIRE, *à Samson*

Dis meilleur ! Voici un parent de notre maître.

SAMSON, *à Abraham*

Si fait, monsieur, meilleur !

ABRAHAM

Vous en avez menti.

SAMSON

Dégainez, si vous êtes hommes ! (*Tous se mettent en garde.*) Grégoire, souviens-toi de ta maîtresse botte[1] !

BENVOLIO, *s'avançant la rapière[2] au poing*

Séparez-vous, imbéciles ! rengainez vos épées ; vous ne savez pas ce que vous faites. (*Il rabat les armes des valets.*)

---

1. Coup porté à un adversaire avec une épée ; une maîtresse botte désigne une attaque vive et imprévue.
2. Épée longue et effilée.

TYBALT, *s'élançant, l'épée nue, derrière Benvolio*

Quoi ! l'épée à la main, parmi ces marauds[1]. sans cœur ! Tourne-toi, Benvolio, et fais face à ta mort.

BENVOLIO, *à Tybalt*

Je ne veux ici que maintenir la paix ; rengaine ton épée, ou emploie-la, comme moi, à séparer ces hommes.

TYBALT

Quoi, l'épée à la main, tu parles de paix ! Ce mot, je le hais, comme je hais l'enfer, tous les Montagues et toi. À toi, lâche !

Tous se battent. D'autres partisans des deux maisons arrivent et se joignent à la mêlée. Alors arrivent des citoyens armés de bâtons.

PREMIER CITOYEN

À l'œuvre les bâtons, les piques, les pertuisanes[2] ! Frappez ! Écrasez-les ! À bas les Montagues ! À bas les Capulets !

---

1. Ceux qui ne méritent pas de considération (terme d'injure et de mépris).
2. Longues lances munies d'un fer triangulaire, avec des crocs sur les côtés.

Entrent Capulet, en robe de chambre,
et lady Capulet.

CAPULET

Quel est ce bruit ?... Holà ! qu'on me donne ma grande épée.

LADY CAPULET

Non ! une béquille ! une béquille !... Pourquoi demander une épée ?

CAPULET

Mon épée, dis-je ! le vieux Montague arrive et brandit sa rapière en me narguant !

Entrent Montague, l'épée à la main,
et lady Montague.

MONTAGUE

À toi, misérable Capulet !... Ne me retenez pas ! lâchez-moi.

LADY MONTAGUE, *le retenant*

Tu ne feras pas un seul pas vers ton ennemi.

Entre le prince Escalus, avec sa suite.

LE PRINCE.

Sujets rebelles, ennemis de la paix ! profanateurs qui souillez cet acier par un fratricide[1] !... Est-ce qu'on ne m'entend pas ?... Holà ! vous tous, hommes ou brutes, qui éteignez la flamme de votre rage pernicieuse dans les flots de pourpre échappés de vos veines, sous peine de torture, obéissez ! Que vos mains sanglantes jettent à terre ces épées trempées dans le crime, et écoutez la sentence de votre prince irrité ! (*Tous les combattants s'arrêtent.*) Trois querelles civiles, nées d'une parole en l'air, ont déjà troublé le repos de nos rues, par ta faute, vieux Capulet, et par la tienne, Montague ; trois fois les anciens de Vérone, dépouillant le vêtement grave qui leur sied, ont dû saisir de leurs vieilles mains leurs vieilles pertuisanes, gangrenées par la rouille, pour séparer vos haines gangrenées. Si jamais vous troublez encore nos rues, votre vie payera le dommage fait à la paix. Pour cette fois, que tous se retirent. Vous, Capulet, venez avec moi ; et vous, Montague, vous vous rendrez cette après-midi, pour connaître notre décision ultérieure sur cette affaire, au vieux château de Villafranca, siège ordinaire de

1. Meurtre commis entre des hommes qu'unit pourtant une fraternité : ils sont voisins.

notre justice. Encore une fois, sous peine de mort, que tous se séparent ! (*Tous sortent, excepté Montague, lady Montague et Benvolio.*)

MONTAGUE

Qui donc a réveillé cette ancienne querelle ? Parlez, neveu, étiez-vous là quand les choses ont commencé ?

BENVOLIO

Les gens de votre adversaire et les vôtres se battaient ici à outrance quand je suis arrivé ; j'ai dégainé pour les séparer ; à l'instant même est survenu le fougueux Tybalt, l'épée haute, vociférant ses défis à mon oreille, en même temps qu'il agitait sa lame autour de sa tête et pourfendait l'air qui narguait son impuissance par un sifflement. Tandis que nous échangions les coups et les estocades, sont arrivés des deux côtés de nouveaux partisans qui ont combattu jusqu'à ce que le prince soit venu les séparer.

LADY MONTAGUE

Oh ! où est donc Roméo ? l'avez-vous vu aujourd'hui ? Je suis bien aise qu'il n'ait pas été dans cette bagarre.

BENVOLIO

Madame, une heure avant que le soleil sacré perçât la vitre d'or de l'Orient, mon esprit agité m'a entraîné à sortir ; tout en marchant dans le bois de sycomores[1] qui s'étend à l'ouest de la ville, j'ai vu votre fils qui s'y promenait déjà ; je me suis dirigé vers lui, mais, à mon aspect, il s'est dérobé dans les profondeurs du bois. Pour moi, jugeant de ses émotions par les miennes, qui ne sont jamais aussi absorbantes que quand elles sont solitaires, j'ai suivi ma fantaisie sans poursuivre la sienne, et j'ai évité volontiers qui me fuyait si volontiers.

MONTAGUE

Voilà bien des matinées qu'on l'a vu là augmenter de ses larmes la fraîche rosée du matin et à force de soupirs ajouter des nuages aux nuages. Mais, aussitôt que le vivifiant soleil commence, dans le plus lointain Orient, à tirer les rideaux ombreux du lit de l'Aurore, vite mon fils accablé fuit la lumière ; il rentre, s'emprisonne dans sa chambre, ferme ses fenêtres, tire le verrou sur le beau jour, et se fait une nuit artificielle. Ah ! cette humeur sombre lui sera fatale, si de bons conseils n'en dissipent la cause.

---

1. Figuiers.

BENVOLIO

Cette cause, la connaissez-vous, mon noble oncle ?

MONTAGUE

Je ne la connais pas et je n'ai pu l'apprendre de lui.

BENVOLIO

Avez-vous insisté près de lui suffisamment ?

MONTAGUE

J'ai insisté moi-même, ainsi que beaucoup de mes amis ; mais il est le seul conseiller de ses passions ; il est l'unique confident de lui-même, confident peu sage peut-être, mais aussi secret, aussi impénétrable, aussi fermé à la recherche et à l'examen que le bouton qui est rongé par un ver jaloux avant de pouvoir épanouir à l'air ses pétales embaumés et offrir sa beauté au soleil ! Si seulement nous pouvions savoir d'où lui viennent ces douleurs, nous serions aussi empressés pour les guérir que pour les connaître.

Roméo paraît à distance.

BENVOLIO

Tenez, le voici qui vient. Éloignez-vous, je vous prie ; ou je connaîtrai ses peines, ou je me heurterai à un refus.

MONTAGUE

Puisses-tu, en restant, être assez heureux pour entendre une confession complète !... Allons, madame, partons ! (*Sortent Montague et lady Montague.*)

BENVOLIO

Bonne matinée, cousin !

ROMÉO

Le jour est-il si jeune encore ?

BENVOLIO

Neuf heures viennent de sonner.

ROMÉO

Oh ! que les heures tristes semblent longues ! N'est-ce pas mon père qui vient de partir si vite ?

BENVOLIO

C'est lui-même. Quelle est donc la tristesse qui allonge les heures de Roméo ?

ROMÉO

La tristesse de ne pas avoir ce qui les abrégerait.

BENVOLIO

Amoureux ?

ROMÉO

Éperdu...

BENVOLIO

D'amour ?

ROMÉO

Des dédains de celle que j'aime.

BENVOLIO

Hélas ! faut-il que l'amour, si doux en apparence, soit si tyrannique et si cruel à l'épreuve !

ROMÉO

Hélas ! faut-il que l'amour, malgré le bandeau qui l'aveugle, trouve toujours, sans y voir, un chemin vers son but !... Où dînerons-nous ?... Ô mon Dieu !... Quel était ce tapage ?... Mais non, ne me le dis pas, car je sais tout ! Ici on a beaucoup à faire avec la haine, mais plus encore avec l'amour... Amour ! Ô tumultueux amour ! Ô amoureuse haine ! Ô tout, créé de rien ! Ô lourde légèreté ! Vanité sérieuse ! Informe chaos de ravissantes visions ! Plume de plomb, lumineuse fumée, feu glacé, santé maladive ! Sommeil toujours éveillé qui n'est pas ce qu'il est ! Voilà l'amour que je sens et je n'y sens pas d'amour... Tu ris, n'est-ce pas ?

BENVOLIO

Non, cousin : je pleurerais plutôt.

ROMÉO

Bonne âme. !... et de quoi ?

BENVOLIO

De voir ta bonne âme si accablée.

ROMÉO

Oui, tel est l'effet de la sympathie. La douleur ne pesait qu'à mon cœur, et tu veux l'étendre sous la pression de la tienne : cette affection que tu me montres ajoute une peine de plus à l'excès de mes peines. L'amour est une fumée de soupirs ; dégagé, c'est une flamme qui étincelle aux yeux des amants ; comprimé, c'est une mer qu'alimentent leurs larmes. Qu'est-ce encore ? La folle la plus raisonnable, une suffocante amertume, une vivifiante douceur !... Au revoir, mon cousin. (*Il va pour sortir.*)

BENVOLIO

Doucement, je vais vous accompagner : vous me faites injure en me quittant ainsi.

ROMÉO

Bah ! je me suis perdu moi-même ; je ne suis plus ici ; ce n'est pas Roméo que tu vois, il est ailleurs.

BENVOLIO

Dites-moi sérieusement qui vous aimez.

ROMÉO

Sérieusement ? Roméo ne peut le dire qu'avec des sanglots.

BENVOLIO

Avec des sanglots ? Non ! dites-le-moi sérieusement.

ROMÉO

Dis donc à un malade de faire sérieusement son testament ! Ah ! ta demande s'adresse mal à qui est si mal ! Sérieusement, cousin, j'aime une femme.

BENVOLIO

En le devinant, j'avais touché juste.

ROMÉO

Excellent tireur !... j'ajoute qu'elle est d'une éclatante beauté.

BENVOLIO

Plus le but est éclatant, beau cousin, plus il est facile à atteindre.

ROMÉO

Ce trait-là frappe à côté ; car elle est hors d'atteinte des flèches de Cupidon[1] : elle a le caractère de Diane[2] ; armée d'une chasteté à toute épreuve, elle vit à l'abri de l'arc enfantin de l'Amour ; elle ne se laisse pas assiéger en termes amoureux, elle se dérobe au choc des regards provocants et ferme son giron[3] à l'or qui séduirait une sainte. Oh ! elle est riche en beauté, misérable seulement en ce que ses beaux trésors doivent mourir avec elle !

BENVOLIO

Elle a donc juré de vivre toujours chaste ?

ROMÉO

Elle l'a juré, et cette réserve produit une perte immense. En affamant une telle beauté par ses rigueurs, elle en déshérite toute la postérité[4]. Elle est trop belle, trop sage, trop sagement belle, car elle mérite le ciel en faisant mon désespoir. Elle a juré

1. Dieu romain de l'Amour, représenté comme un enfant ailé, qui, les yeux bandés, blesse de ses flèches ses victimes.
2. Nom romain d'Artémis, la déesse chasseresse, qui resta vierge et représentait le type de la jeune fille farouche.
3. Son for intérieur, son intimité.
4. En refusant l'amour, elle interdit à sa beauté toute gloire future.

de n'aimer jamais, et ce serment me tue en me laissant vivre, puisque c'est un vivant qui te parle.

BENVOLIO

Suis mon conseil : cesse de penser à elle.

ROMÉO

Oh ! apprends-moi comment je puis cesser de penser.

BENVOLIO

En rendant la liberté à tes yeux : examine d'autres beautés.

ROMÉO

Ce serait le moyen de rehausser encore ses grâces exquises. Les bienheureux masques qui baisent le front des belles ne servent, par leur noirceur, qu'à nous rappeler la blancheur qu'ils cachent. L'homme frappé de cécité ne saurait oublier le précieux trésor qu'il a perdu avec la vue. Montre-moi la plus charmante maîtresse : que sera pour moi sa beauté, sinon une page où je pourrai lire le nom d'une beauté plus charmante encore ? Adieu : tu ne saurais m'apprendre à oublier.

BENVOLIO

J'achèterai ce secret-là, dussé-je mourir insolvable[1] ! (*Ils sortent.*)

SCÈNE II

Devant la maison de Capulet.
Entrent Capulet, Pâris et un valet.

CAPULET

Montague est lié comme moi, il risque le même châtiment. Il n'est pas bien difficile, je pense, à des vieillards comme nous de garder la paix.

PÂRIS

Vous avez tous deux la plus honorable réputation ; et c'est pitié que vous ayez vécu si longtemps en querelle... Mais maintenant, monseigneur, que répondez-vous à ma requête ?

1. Hors d'état de payer ses dettes.

CAPULET

Je ne puis que redire ce que j'ai déjà dit. Mon enfant est encore étrangère au monde ; elle n'a pas encore vu la fin de ses quatorze ans ; laissons deux étés encore se flétrir dans leur orgueil, avant de la juger mûre pour le mariage.

PÂRIS

De plus jeunes qu'elle sont déjà d'heureuses mères.

CAPULET

Trop vite étiolées[1] sont ces mères trop précoces... La terre a englouti toutes mes espérances ; Juliette seule, Juliette est la reine espérée de ma terre. Courtisez-la, gentil Pâris, obtenez son cœur ; mon bon vouloir n'est que la conséquence de son assentiment[2] ; si vous lui agréez[3], c'est de son choix que dépendent mon approbation et mon plein consentement... Je donne ce soir une fête, consacrée par un vieil usage, à laquelle j'invite ceux que j'aime ; vous serez le très bienvenu, si vous voulez être du

1. Fanées, flétries.
2. Accord.
3. Si vous lui plaisez, si elle vous trouve à son gré.

nombre. Ce soir, dans ma pauvre demeure, attendez-vous à contempler des étoiles qui, tout en foulant la terre, éclipseront la clarté des cieux. Les délicieux transports qu'éprouvent les jeunes galants alors qu'avril tout pimpant arrive sur les talons de l'imposant hiver, vous les ressentirez ce soir chez moi, au milieu de ces fraîches beautés en bouton. Écoutez-les toutes, voyez-les toutes, et donnez la préférence à celle qui la méritera. Ma fille sera une de celles que vous verrez, et, si elle ne se fait pas compter, elle peut du moins faire nombre. Allons, venez avec moi... (*Au valet.*) Holà, maraud ! tu vas te démener à travers notre belle Vérone ; tu iras trouver les personnes dont les noms sont écrits ici, et tu leur diras que ma maison et mon hospitalité sont mises à leur disposition. (*Il remet un papier au valet et sort avec Pâris.*)

LE VALET, *seul, les yeux fixés sur le papier*

Trouver les gens dont les noms sont écrits ici ? Il est écrit... que le cordonnier doit se servir de son aune[1], le tailleur de son alêne[2], le pêcheur de ses pinceaux et le peintre de ses filets ; mais moi, on veut que j'aille trouver les personnes dont les noms sont écrits ici, quand je ne peux même pas trouver quels

1. Ruban gradué du tailleur, lui servant à prendre les mesures du client.
2. Poinçon de fer du cordonnier pour percer et coudre le cuir.

noms a écrits ici l'écrivain ! Il faut que je m'adresse aux savants... Heureuse rencontre !

Entrent Benvolio et Roméo.

BENVOLIO

Bah ! mon cher, une inflammation éteint une autre inflammation ; une peine est amoindrie par les angoisses d'une autre peine. La tête te tournera-t-elle ? tourne en sens inverse, et tu te remettras... Une douleur désespérée se guérit par les langueurs d'une douleur nouvelle ; que tes regards aspirent un nouveau poison, et l'ancien perdra son action vénéneuse.

ROMÉO, *ironiquement*

La feuille de plantain[1] est excellente pour cela.

BENVOLIO

Pourquoi, je te prie ?

ROMÉO

Pour une jambe cassée.

---

1. Utilisée comme médicament, pour ses propriétés anti-inflammatoire.

BENVOLIO

Çà, Roméo, es-tu fou ?

ROMÉO

Pas fou précisément, mais lié plus durement qu'un fou ; je suis tenu en prison, mis à la diète, flagellé, tourmenté et... (*Au valet.*) Bonsoir, mon bon ami.

LE VALET

Dieu vous donne le bonsoir !... Dites-moi, monsieur, savez-vous lire ?

ROMÉO

Oui, ma propre fortune dans ma misère.

LE VALET

Peut-être avez-vous appris ça sans livre ; mais, dites-moi, savez-vous lire le premier écrit venu ?

ROMÉO

Oui, si j'en connais les lettres et la langue.

LE VALET

Vous parlez comme il sied. Le ciel vous tienne en joie ! (*Il va pour se retirer.*)

ROMÉO, *le rappelant*

Arrête, l'ami, je sais lire. (*Il prend le papier des mains du valet et lit :*) « Le signor[1] *Martino,* sa femme et ses filles ; le comte *Anselme* et ses charmantes sœurs ; la veuve du signor *Vitruvio* ; le signor *Placentio* et ses aimables nièces ; *Mercutio* et son frère *Valentin* ; mon oncle *Capulet*, sa femme et ses filles ; ma jolie nièce *Rosaline* ; *Livia* ; le signor *Valentio* et son cousin *Tybalt* ; *Lucio* et la vive *Héléna.* » (*Rendant le papier.*) Voilà une belle assemblée. Où doit-elle se rendre ?

LE VALET

Là-haut.

ROMÉO

Où cela ?

1. Seigneur (en italien).

LE VALET

Chez nous, à souper.

ROMÉO

Chez qui ?

LE VALET

Chez mon maître.

ROMÉO

J'aurais dû commencer par cette question.

LE VALET

Je vais tout vous dire sans que vous le demandiez : mon maître est le grand et riche Capulet ; si vous n'êtes pas de la maison des Montagues, je vous invite à venir chez nous faire sauter un cruchon de vin... Dieu vous tienne en joie ! (*Il sort.*)

BENVOLIO

C'est l'antique fête des Capulets ; la charmante Rosaline, celle que tu aimes tant, y soupera, ainsi que toutes les beautés admirées de Vérone ; vas-y, puis, d'un œil impartial, compare son visage à d'autres que je te montrerai, et je te ferai convenir que ton cygne n'est qu'un corbeau.

ROMÉO

Si jamais mon regard, en dépit d'une religieuse dévotion, proclamait un tel mensonge, que mes larmes se changent en flammes ! et que mes yeux, restés vivants, quoique tant de fois noyés, transparents hérétiques, soient brûlés comme imposteurs ! Une femme plus belle que ma bien-aimée ! Le soleil qui voit tout n'a jamais vu son égale depuis qu'a commencé le monde !

BENVOLIO

Bah ! vous l'avez vue belle, parce que vous l'avez vue seule ; pour vos yeux, elle n'avait d'autre contrepoids qu'elle-même ; mais, dans ces balances cristallines, mettez votre bien-aimée en regard de telle autre beauté que je vous montrerai toute brillante à cette fête, et elle n'aura plus cet éclat qu'elle a pour vous aujourd'hui.

ROMÉO

Soit ! J'irai, non pour voir ce que tu dis, mais pour jouir de la splendeur de mon adorée. (*Ils sortent.*)

SCÈNE III

Dans la maison de Capulet.
Entrent lady Capulet et la nourrice.

LADY CAPULET

Nourrice, où est ma fille ? Appelle-la.

LA NOURRICE

Eh ! par ma virginité de douze ans, je lui ai dit de venir... (*Appelant.*) Allons, mon agneau ! allons, mon oiselle[1] ! Dieu me pardonne !... Où est donc cette fille ?... Allons, Juliette !

Entre Juliette.

1. Femelle d'oiseau.

JULIETTE

Eh bien, qui m'appelle ?

LA NOURRICE

Votre mère.

JULIETTE

Me voici, madame. Quelle est votre volonté ?

LADY CAPULET

Voici la chose... Nourrice, laisse-nous un peu ; nous avons à causer en secret... (*La nourrice va pour sortir.*) Non, reviens, nourrice ; je me suis ravisée, tu assisteras à notre conciliabule[1]. Tu sais que ma fille est d'un joli âge.

LA NOURRICE

Ma foi, je puis dire son âge à une heure près.

LADY CAPULET

Elle n'a pas quatorze ans.

1. Réunion secrète.

LA NOURRICE

Je parierais quatorze de mes dents, et, à ma grande douleur, je n'en ai plus que quatre, qu'elle n'a pas quatorze ans... Combien y a-t-il d'ici à la Saint-Pierre-ès-Liens[1] ?

LADY CAPULET

Une quinzaine au moins.

LA NOURRICE

Au moins ou au plus, n'importe ! Entre tous les jours de l'année, c'est précisément la veille au soir de la Saint-Pierre-ès-Liens qu'elle aura quatorze ans. Suzanne et elle, Dieu garde toutes les âmes chrétiennes ! étaient du même âge... Oui, à présent, Suzanne est avec Dieu : elle était trop bonne pour moi ; mais, comme je disais, la veille au soir de la Saint-Pierre-ès-Liens elle aura quatorze ans ; elle les aura, ma parole. Je m'en souviens bien. Il y a maintenant onze ans du tremblement de terre ; et elle fut sevrée[2], je ne l'oublierai jamais, entre tous les jours de l'année, précisément ce jour-là ; car j'avais mis de

1. Le 1er août.
2. On lui retira le lait de sa nourrice.

l'absinthe[1] au bout de mon sein, et j'étais assise au soleil contre le mur du pigeonnier ; monseigneur et vous, vous étiez alors à Mantoue... Oh ! j'ai le cerveau solide !... Mais, comme je disais, dès qu'elle eut goûté l'absinthe au bout de mon sein et qu'elle en eut senti l'amertume, il fallait voir comme la petite folle, toute furieuse, s'est emportée contre le téton ! Tremble, fit le pigeonnier ; il n'était pas besoin, je vous jure, de me dire de décamper... Et il y a onze ans de ça ; car alors elle pouvait se tenir toute seule ; oui, par la sainte croix, elle pouvait courir et trottiner tout partout ; car, tenez, la veille même, elle s'était cogné le front ; et alors mon mari, Dieu soit avec son âme ! c'était un homme bien gai ! releva l'enfant : *Oui-da*, dit-il, *tu tombes sur la face ? Quand tu auras plus d'esprit, tu tomberas sur le dos ; n'est-ce pas, Juju ?* Et, par Notre-Dame, la petite friponne cessa de pleurer et dit : *Oui !* Voyez donc à présent comme une plaisanterie vient à point ! Je garantis que, quand je vivrais mille ans, je n'oublierais jamais ça : *N'est-ce pas, Juju ?* fit-il ; et la petite folle s'arrêta et dit : *Oui !*

LADY CAPULET

En voilà assez ; je t'en prie, tais-toi.

---

1. Liqueur alcoolique de couleur verte, très amère et nocive.

LA NOURRICE

Oui, madame ; pourtant je ne peux pas m'empêcher de rire quand je songe qu'elle cessa de pleurer et dit : *Oui !* Et pourtant je garantis qu'elle avait au front une bosse aussi grosse qu'une coque de jeune poussin, un coup terrible ! et elle pleurait amèrement. *Oui-da*, fit mon mari, *tu tombes sur la face ? Quand tu auras l'âge, tu tomberas sur le dos : n'est-ce pas, Juju ?* Et elle s'arrêta et dit : *Oui !*

JULIETTE

Arrête-toi donc aussi, je t'en prie, nourrice !

LA NOURRICE

Paix ! j'ai fini. Que Dieu te marque de sa grâce ! Tu étais le plus joli poupon que j'aie jamais nourri ; si je puis vivre pour te voir marier un jour, je serai satisfaite.

LADY CAPULET

Voilà justement le sujet dont je viens l'entretenir... Dis-moi, Juliette, ma fille, quelle disposition te sens-tu pour le mariage ?

JULIETTE

C'est un honneur auquel je n'ai pas même songé.

LA NOURRICE

Un honneur ! Si je n'étais pas ton unique nourrice, je dirais que tu as sucé la sagesse avec le lait.

LADY CAPULET

Eh bien, songez au mariage, dès à présent ; de plus jeunes que vous, dames fort estimées, ici à Vérone même, sont déjà devenues mères ; si je ne me trompe, j'étais mère moi-même avant l'âge où vous êtes fille encore. En deux mots, voici : le vaillant Pâris vous recherche pour sa fiancée.

LA NOURRICE

Voilà un homme, ma jeune dame ! un homme comme le monde entier... Quoi ! c'est un homme en cire[1] !

---

1. Bien proportionné, qui peut servir de modèle pour faire des statues.

LADY CAPULET

Le parterre de Vérone n'offre pas une fleur pareille.

LA NOURRICE

Oui, ma foi, il est la fleur du pays, la fleur par excellence.

LADY CAPULET

Qu'en dites-vous ? Pourrez-vous aimer ce gentilhomme ? Ce soir vous le verrez à notre fête ; lisez alors sur le visage du jeune Pâris, et observez toutes les grâces qu'y a tracées la plume de la beauté ; examinez ces traits si harmonieux, et voyez quel charme chacun prête à l'autre ; si quelque chose reste obscur en cette belle page, vous le trouverez éclairci sur la marge de ses yeux. Ce précieux livre d'amour, cet amant jusqu'ici détaché, pour être parfait, n'a besoin que d'être relié !... Le poisson brille sous la vague, et c'est la splendeur suprême pour le beau extérieur de receler le beau intérieur ; aux yeux de beaucoup, il n'en est que plus magnifique, le livre qui d'un fermoir d'or étreint la légende d'or ! Ainsi, en l'épousant, vous aurez part à tout ce qu'il possède, sans que vous-même soyez en rien diminuée.

LA NOURRICE

Elle, diminuer ! Elle grossira, bien plutôt. Les femmes s'arrondissent auprès des hommes !

LADY CAPULET, *à Juliette*

Bref, dites-moi si vous répondrez à l'amour de Pâris.

JULIETTE

Je verrai à l'aimer, s'il suffit de voir pour aimer : mais mon attention à son égard ne dépassera pas la portée que lui donneront vos encouragements.

Entre un valet.

LE VALET

Madame, les invités sont venus, le souper est servi ; on vous appelle ; on demande mademoiselle ; on maudit la nourrice à l'office ; et tout est terminé. Il faut que je m'en aille pour servir ; je vous en conjure, venez vite.

LADY CAPULET

Nous te suivons. Juliette, le comte nous attend.

LA NOURRICE

Va, fillette, va ajouter d'heureuses nuits à tes heureux jours. (*Tous sortent.*)

SCÈNE IV

Une place sur laquelle est située
la maison de Capulet. Entrent Roméo, costumé ;
Mercutio, Benvolio, avec cinq ou six autres masques ;
des gens portant des torches, et des musiciens.

ROMÉO

Voyons, faut-il prononcer un discours pour nous excuser, ou entrer sans apologie[1] ?

BENVOLIO

Ces harangues prolixes[2] ne sont plus de mode. Nous n'aurons pas de Cupidon aux yeux bandés d'une écharpe, portant un arc peint à la tartare[3], et

1. Sans nous justifier, sans y mettre les formes.
2. Ces discours solennels et interminables.
3. Le Tartare désigne les enfers de la mythologie ; l'auteur veut dire que l'arc de Cupidon est infernal.

faisant fuir les dames comme un épouvantail ; pas de prologue appris par cœur et mollement débité à l'aide d'un souffleur, pour préparer notre entrée. Qu'ils nous estiment dans la mesure qu'il leur plaira ; nous leur danserons une mesure, et nous partirons.

ROMÉO

Qu'on me donne une torche ! Je ne suis pas en train pour gambader ! Sombre comme je suis, je veux porter la lumière.

MERCUTIO

Ah ! mon doux Roméo, nous voulions que vous dansiez.

ROMÉO

Non, croyez-moi : vous avez tous la chaussure de bal et le talon léger : moi, j'ai une âme de plomb qui me cloue au sol et m'ôte le talent de remuer.

MERCUTIO

Vous êtes amoureux ; empruntez à Cupidon ses ailes, et vous dépasserez dans votre vol notre vulgaire essor.

ROMÉO

Ses flèches m'ont trop cruellement blessé pour que je puisse m'élancer sur ses ailes légères ; enchaîné comme je le suis, je ne saurais m'élever au-dessus d'une immuable douleur, je succombe sous l'amour qui m'écrase.

MERCUTIO

Prenez le dessus et vous l'écraserez : le délicat enfant sera bien vite accablé par vous.

ROMÉO

L'amour, un délicat enfant ! Il est brutal, rude, violent ! il écorche comme l'épine.

MERCUTIO

Si l'amour est brutal avec vous, soyez brutal avec lui ; écorchez l'amour qui vous écorche, et vous le dompterez. (*Aux valets.*) Donnez-moi un étui à mettre mon visage ! (*Se masquant.*) Un masque sur un masque ! Peu m'importe à présent qu'un regard curieux cherche à découvrir mes laideurs ! Voilà d'épais sourcils qui rougiront pour moi !

BENVOLIO

Allons, frappons et entrons ; aussitôt dedans, que chacun ait recours à ses jambes.

ROMÉO

À moi une torche ! Que les galants au cœur léger agacent du pied la natte insensible[1]. Pour moi, je m'accommode d'une phrase de grand-père : je tiendrai la chandelle et je regarderai... À vos brillants ébats mon humeur noire ferait tache.

MERCUTIO

Bah ! la nuit tous les chats sont gris ! Si tu es en humeur noire, nous te tirerons, sauf respect, du bourbier de cet amour où tu patauges jusqu'aux oreilles... Allons vite. Nous usons notre éclairage de jour...

ROMÉO

Comment cela ?

MERCUTIO

Je veux dire, messire, qu'en nous attardant nous

1. À l'entrée, on couvrait le sol de roseaux en guise de natte, de tissu de paille.

consumons nos lumières en pure perte, comme des lampes en plein jour... Ne tenez compte que de ma pensée : notre mérite est cinq fois dans notre intention pour une fois qu'il est dans notre bel esprit.

ROMÉO

En allant à cette mascarade, nous avons bonne intention, mais il y a peu d'esprit à y aller.

MERCUTIO

Peut-on demander pourquoi ?

ROMÉO

J'ai fait un rêve cette nuit.

MERCUTIO

Et moi aussi.

ROMÉO

Eh bien ! qu'avez-vous rêvé ?

MERCUTIO

Que souvent les rêveurs sont mis dedans !

ROMÉO

Oui, dans le lit où, tout en dormant, ils rêvent la vérité.

MERCUTIO

Oh ! je vois bien, la reine Mab[1] vous a fait visite. Elle est la fée accoucheuse et elle arrive, pas plus grande qu'une agate[2] à l'index d'un alderman[3], traînée par un attelage de petits atomes à travers les nez des hommes qui gisent endormis. Les rayons des roues de son char sont faits de longues pattes de faucheux[4] ; la capote, d'ailes de sauterelles ; les rênes, de la plus fine toile d'araignée ; les harnais, d'humides rayons de lune. Son fouet, fait d'un os de grillon, a pour corde un fil de la Vierge. Son cocher est un petit cousin en livrée grise, moins gros de moitié qu'une petite bête ronde tirée avec une épingle du doigt paresseux d'une servante. Son chariot est une noisette, vide, taillée par le menuisier écureuil ou par le vieux ciron[5], carrossier immémorial des fées. C'est dans cet apparat qu'elle galope

1. Fée nocturne.
2. Pierre précieuse.
3. Officier municipal en Angleterre (ce fut un temps la profession du père de Shakespeare).
4. Araignée des champs, à quatre paires de pattes longues, menues et couvertes de poils.
5. Insecte minuscule qui servait d'exemple pour son extrême petitesse.

de nuit en nuit à travers les cerveaux des amants qui alors rêvent d'amour, sur les genoux des courtisans qui rêvent aussitôt de courtoisies, sur les doigts des gens de loi qui aussitôt rêvent d'honoraires, sur les lèvres des dames qui rêvent de baisers aussitôt ! Ces lèvres, Mab les crible souvent d'ampoules, irritée de ce que leur haleine est gâtée par quelque pommade. Tantôt elle galope sur le nez d'un solliciteur, et vite il rêve qu'il flaire une place ; tantôt elle vient avec la queue d'un cochon de la dîme[1] chatouiller la narine d'un curé endormi, et vite il rêve d'un autre bénéfice[2] ; tantôt elle passe sur le cou d'un soldat, et alors il rêve de gorges ennemies coupées, de brèches, d'embuscades, de lames espagnoles, de rasades profondes de cinq brasses[3], et puis de tambours battant à son oreille ; sur quoi il tressaille, s'éveille, et, ainsi alarmé, jure une prière ou deux, et se rendort. C'est cette même Mab qui, la nuit, tresse la crinière des chevaux et dans les poils emmêlés durcit ces nœuds magiques qu'on ne peut débrouiller sans encourir malheur. C'est la stryge[4] qui, quand les filles sont couchées sur le dos, les étreint et les habitue à porter leur charge pour en faire des femmes à solide carrure. C'est elle...

1. Impôt (fraction de la récolte) prélevé par l'Église sur les paysans.
2. Patrimoine attaché au titulaire d'une fonction ecclésiastique.
3. Ancienne unité de mesure de profondeur.
4. Vampire tenant à la fois de la femme et de la chienne.

ROMÉO

Paix, paix, Mercutio, paix. Tu nous parles de riens !

MERCUTIO

En effet, je parle des rêves, ces enfants d'un cerveau en délire, que peut seule engendrer l'hallucination, aussi insubstantielle que l'air, et plus variable que le vent qui caresse en ce moment le sein glacé du nord, et qui, tout à l'heure, s'échappant dans une bouffée de colère, va se tourner vers le midi encore humide de rosée !

BENVOLIO

Ce vent dont vous parlez nous emporte hors de nous-mêmes : le souper est fini et nous arriverons trop tard.

ROMÉO

Trop tôt, j'en ai peur ! Mon âme pressent qu'une amère catastrophe, encore suspendue à mon étoile, aura pour date funeste cette nuit de fête, et terminera la méprisable existence contenue dans mon sein par le coup sinistre d'une mort prématurée.

Mais que Celui qui est le nautonier[1] de ma destinée dirige ma voile !... En avant, joyeux amis !

BENVOLIO

Battez, tambours ! (*Ils sortent.*)

SCÈNE V

Une salle dans la maison de Capulet.
Entrent plusieurs valets portant des serviettes.

PREMIER VALET

Où est donc Laterrine, qu'il ne m'aide pas à desservir ? Lui, soulever une assiette ! Lui, frotter une table ! Fi donc !

DEUXIÈME VALET

Quand le soin d'une maison est confié aux mains d'un ou deux hommes, et que ces mains ne sont même pas lavées, c'est une sale chose.

1. Celui qui conduit le navire.

PREMIER VALET

Dehors les tabourets !... Enlevez le buffet !... Attention à l'argenterie... (*À l'un de ses camarades.*) Mon bon, mets-moi de côté un massepain[1] ; et, si tu m'aimes, dis au portier de laisser entrer Suzanne Lameule et Nelly... Antoine ! Laterrine !

TROISIÈME VALET

Voilà, mon garçon ! présent !

PREMIER VALET

On vous attend, on vous appelle, on vous demande, on vous cherche dans la grande chambre.

TROISIÈME VALET

Nous ne pouvons pas être ici et là... Vivement, mes enfants ; mettez-y un peu d'entrain, et que le dernier restant emporte tout. (*Ils se retirent.*)

Entrent le vieux Capulet, puis, parmi la foule des convives, Tybalt, Juliette et la nourrice ; enfin Roméo, accompagné de ses amis, tous masqués.
Les valets vont et viennent.

---

1. Pâtisserie d'amandes pilées et de sucre.

CAPULET

Messieurs, soyez les bienvenus ! Celles de ces dames qui ne sont pas affligées de cors aux pieds vont vous donner de l'exercice !... Ah ! ah ! mes donzelles ! qui de vous toutes refusera de danser à présent ? Celle qui fera la mijaurée, celle-là, je jurerai qu'elle a des cors ! Eh ! je vous prends par l'endroit sensible, n'est-ce pas ? (*À de nouveaux arrivants.*) Vous êtes les bienvenus, messieurs... J'ai vu le temps où, moi aussi, je portais un masque et où je savais chuchoter à l'oreille des belles dames de ces mots qui les charment : ce temps-là n'est plus, il n'est plus, il n'est plus ! (*À de nouveaux arrivants.*) Vous êtes les bienvenus, messieurs... Allons, musiciens, jouez ! Salle nette pour le bal ! Qu'on fasse place ! et en avant, jeunes filles ! (*La musique joue. Les danses commencent. Aux valets.*) Encore des lumières, marauds. Redressez ces tables, et éteignez le feu ; il fait trop chaud ici. (*À son cousin Capulet, qui arrive.*) Ah ! mon cher, ce plaisir inespéré est d'autant mieux venu... Asseyez-vous, asseyez-vous, bon cousin Capulet ; car vous et moi, nous avons passé nos jours de danse. Combien de temps y a-t-il depuis le dernier bal où vous et moi nous étions masqués ?

DEUXIÈME CAPULET

Trente ans, par Notre-Dame !

PREMIER CAPULET

Bah ! mon cher ! pas tant que ça ! pas tant que ça ! C'était à la noce de Lucentio. Vienne la Pentecôte aussi vite qu'elle voudra, il y aura de cela quelque vingt-cinq ans ; et cette fois nous étions masqués.

DEUXIÈME CAPULET

Il y a plus longtemps, il y a plus longtemps : son fils est plus âgé, messire ; son fils a trente ans.

PREMIER CAPULET

Pouvez-vous dire ça ! Son fils était encore mineur il y a deux ans.

ROMÉO, *à un valet, montrant Juliette*

Quelle est cette dame qui enrichit la main de ce cavalier, là-bas ?

LE VALET

Je ne sais pas, monsieur.

ROMÉO

Oh ! elle apprend aux flambeaux à illuminer ! Sa beauté est suspendue à la face de la nuit comme un riche joyau à l'oreille d'une Éthiopienne ! Beauté trop précieuse pour la possession, trop exquise pour la terre ! Telle la colombe de neige dans une troupe de corneilles, telle apparaît cette jeune dame au milieu de ses compagnes. Cette danse finie, j'épierai la place où elle se tient, et je donnerai à ma main grossière le bonheur de toucher la sienne. Mon cœur a-t-il aimé jusqu'ici ? Non ; jurez-le, mes yeux ! Car jusqu'à ce soir, je n'avais pas vu la vraie beauté.

TYBALT, *désignant Roméo*

Je reconnais cette voix ; ce doit être un Montague... (*À un page.*) Va me chercher ma rapière, page ! Quoi ! le misérable ose venir ici, couvert d'un masque grotesque, pour insulter et narguer notre solennité ? Ah ! par l'antique honneur de ma race, je ne crois pas qu'il y ait péché à l'étendre mort !

PREMIER CAPULET,
s'approchant de Tybalt

Eh bien ! qu'as-tu donc, mon neveu ? Pourquoi cette tempête ?

TYBALT

Mon oncle, voici un Montague, un de nos ennemis, un misérable qui est venu ici par bravade insulter à notre soirée solennelle.

PREMIER CAPULET

N'est-ce pas le jeune Roméo ?

TYBALT

C'est lui, ce misérable Roméo !

PREMIER CAPULET

Du calme, gentil cousin ! laisse-le tranquille ; il a les manières du plus courtois gentilhomme ; et, à dire vrai, Vérone est fière de lui, comme d'un jouvenceau vertueux et bien élevé. Je ne voudrais pas, pour toutes les richesses de cette ville, qu'ici, dans ma maison, il lui fût fait une avanie[1]. Aie donc patience, ne fais pas attention à lui, c'est ma volonté ; si tu la respectes, prends un air gracieux et laisse là cette mine farouche qui sied mal dans une fête.

TYBALT

Elle sied bien dès qu'on a pour hôte un tel misérable ; je ne le tolérerai pas !

PREMIER CAPULET

Vous le tolérerez ! Qu'est-ce à dire, monsieur le freluquet ! J'entends que vous le tolériez... Allons donc ! Qui est le maître ici, vous ou moi ? Allons donc ! Vous ne le tolérerez pas ! Dieu me pardonne ! Vous voulez soulever une émeute au milieu de mes hôtes ! Vous voulez mettre le vin en perce ! Vous voulez faire l'homme !

TYBALT

Mais, mon oncle, c'est une honte.

---

1. Offense publique, affront humiliant.

PREMIER CAPULET

Allons, allons, vous êtes un insolent garçon. En vérité, cette incartade pourrait vous coûter cher. Je sais ce que je dis... Il faut que vous me contrariiez !... Morbleu ! c'est le moment !... (*Aux danseurs.*) À merveille, mes chers cœurs !... (*À Tybalt.*) Vous êtes un faquin[1]... Restez tranquille, sinon... (*Aux valets.*) Des lumières ! encore des lumières ! par décence ! (*À Tybalt.*) Je vous ferai rester tranquille, allez ! (*Aux danseurs.*) De l'entrain, mes petits cœurs !

TYBALT

La patience qu'on m'impose lutte en moi avec une colère obstinée, et leur choc fait trembler tous mes membres... Je vais me retirer ; mais cette fureur rentrée, qu'en ce moment on croit adoucie, se convertira en fiel amer. (*Il sort.*)

ROMÉO, *prenant la main de Juliette*

Si j'ai profané avec mon indigne main cette châsse[2] sacrée, je suis prêt à une douce pénitence : permettez à mes lèvres, comme à deux pèlerins rou-

1. Individu sans valeur, mélange de ridicule et de bassesse.
2. Coffre où l'on garde les reliques d'un saint.

gissants, d'effacer ce grossier attouchement par un tendre baiser.

JULIETTE

Bon pèlerin, vous êtes trop sévère pour votre main qui n'a fait preuve en ceci que d'une respectueuse dévotion. Les saintes mêmes ont des mains que peuvent toucher les mains des pèlerins ; et cette étreinte est un pieux baiser.

ROMÉO

Les saintes n'ont-elles pas des lèvres, et les pèlerins aussi ?

JULIETTE

Oui, pèlerin, des lèvres vouées à la prière.

ROMÉO

Oh ! alors, chère sainte, que les lèvres fassent ce que font les mains. Elles te prient ; exauce-les, de peur que leur foi ne se change en désespoir.

JULIETTE

Les saintes restent immobiles, tout en exauçant les prières.

ROMÉO

Restez donc immobile, tandis que je recueillerai l'effet de ma prière. (*Il l'embrasse sur la bouche.*) Vos lèvres ont effacé le péché des miennes.

JULIETTE

Mes lèvres ont gardé pour elles le péché qu'elles ont pris des vôtres.

ROMÉO

Vous avez pris le péché de mes lèvres ? Ô reproche charmant ! Alors rendez-moi mon péché. (*Il l'embrasse encore.*)

JULIETTE

Vous avez l'art des baisers.

LA NOURRICE, *à Juliette*

Madame, votre mère voudrait vous dire un mot. (*Juliette se dirige vers lady Capulet.*)

ROMÉO, *à la nourrice*

Qui donc est sa mère ?

LA NOURRICE

Eh bien, bachelier[1], sa mère est la maîtresse de la maison, une bonne dame, et sage et vertueuse ; j'ai nourri sa fille, celle avec qui vous causiez ; je vais vous dire : celui qui parviendra à mettre la main sur elle pourra faire sonner les écus.

ROMÉO

C'est une Capulet ! Ô trop chère créance[2] ! Ma vie est due à mon ennemie !

BENVOLIO, *à Roméo*

Allons, partons ; la fête est à sa fin.

---

1. Jeune homme, celui qui a reçu ce grade à l'université.
2. Obligation, dette.

ROMÉO, *à part*

Hélas ! oui, et mon trouble est à son comble.

PREMIER CAPULET, *aux invités qui se retirent*

Çà, messieurs, n'allez pas nous quitter encore : nous avons un méchant petit souper qui se prépare... Vous êtes donc décidés ?... Eh bien, alors je vous remercie tous... Je vous remercie, honnêtes gentilshommes. Bonne nuit. Des torches par ici !... Allons, mettons-nous au lit ! (*À son cousin Capulet.*) Ah ! ma foi, mon cher, il se fait tard : je vais me reposer. (*Tous sortent, excepté Juliette et la nourrice.*)

JULIETTE

Viens ici, nourrice : quel est ce gentilhomme, là-bas ?

LA NOURRICE

C'est le fils et l'héritier du vieux Tibério.

JULIETTE

Quel est celui qui sort à présent ?

LA NOURRICE

Ma foi, je crois que c'est le jeune Pétruchio.

JULIETTE, *montrant Roméo*

Quel est cet autre qui suit et qui n'a pas voulu danser ?

LA NOURRICE

Je ne sais pas.

JULIETTE

Va demander son nom. (*La nourrice s'éloigne un moment.*) S'il est marié, mon cercueil pourrait bien être mon lit nuptial.

LA NOURRICE, *revenant*

Son nom est Roméo ; c'est un Montague, le fils unique de votre grand ennemi.

JULIETTE

Mon unique amour émane de mon unique haine ! Je l'ai vu trop tôt sans le connaître et je l'ai connu trop tard. Il m'est né un prodigieux amour, puisque je dois aimer un ennemi exécré !

LA NOURRICE

Que dites-vous ? que dites-vous ?

JULIETTE

Une strophe que vient de m'apprendre un de mes danseurs. (*Voix au-dehors appelant Juliette.*)

LA NOURRICE

Tout à l'heure ! tout à l'heure !... Allons-nous-en ; tous les étrangers sont partis.

ACTE II

PROLOGUE

Entre le chœur.

LE CHŒUR

Maintenant, le vieil amour agonise sur son lit de
[mort[1],
Et une passion nouvelle aspire à son héritage.
Cette belle pour qui notre amant gémissait et
[voulait mourir,
Comparée à la tendre Juliette, a cessé d'être
[belle.
Maintenant Roméo est aimé de celle qu'il aime :
Et tous deux sont ensorcelés par le charme de
[leurs regards.
Mais il a besoin de conter ses peines à son
[ennemie supposée,

1. L'amour défunt de Roméo pour Rosaline.

Et elle dérobe ce doux appât d'amour sur un
[hameçon dangereux.
Traité en ennemi, Roméo ne peut avoir un libre
[accès
Pour soupirer ces vœux que les amants se
[plaisent à prononcer,
Et Juliette, tout aussi éprise, est plus impuissante
[encore
À se ménager une rencontre avec son amoureux.
Mais la passion leur donne la force, et le temps,
[l'occasion
De goûter ensemble d'ineffables joies dans
[d'ineffables transes[1]. (*Il sort.*)

SCÈNE PREMIÈRE

Une route aux abords du jardin de Capulet.
Roméo entre précipitamment.

ROMÉO, *montrant le mur du jardin*

Puis-je aller plus loin, quand mon cœur est ici ?
En arrière, masse terrestre, et retrouve ton centre.
(*Il escalade le mur et disparaît.*)

1. Des joies indicibles lors de transports inexprimables.

Entrent Benvolio et Mercutio.

BENVOLIO

Roméo ! mon cousin Roméo !

MERCUTIO

Il a fait sagement. Sur ma vie, il s'est esquivé pour gagner son lit.

BENVOLIO

Il a couru de ce côté et sauté par-dessus le mur de ce jardin. Appelle-le, bon Mercutio.

MERCUTIO

Je ferai plus ; je vais le conjurer[1]. Roméo ! caprice ! frénésie ! passion ! amour ! apparais-nous sous la forme d'un soupir ! Dis seulement un vers, et je suis satisfait ! Crie seulement *hélas !* accouple seulement *amour* avec *jour !* Rien qu'un mot aimable pour ma commère Vénus[2] ! Rien qu'un sobriquet pour son fils, pour son aveugle héritier, le

1. Faire apparaître par une invocation, une prière.
2. Divinité latine de l'Amour.

jeune Adam Cupid, celui qui visa si juste, quand le roi Cophetua[1] s'éprit de la mendiante !... Il n'entend pas, il ne remue pas, il ne bouge pas. Il faut que ce babouin-là soit mort : évoquons-le. Roméo, je te conjure par les yeux brillants de Rosaline, par son front élevé et par sa lèvre écarlate, par son pied mignon, par sa jambe svelte, par sa cuisse frémissante, et par les domaines adjacents : apparais-nous sous ta propre forme !

BENVOLIO

S'il t'entend, il se fâchera.

MERCUTIO

Cela ne peut pas le fâcher ; il se fâcherait avec raison, si je faisais surgir dans le cercle de sa maîtresse un démon d'une nature étrange que je laisserais en arrêt jusqu'à ce qu'elle l'eût désarmé par ses exorcismes. Cela serait une offense : mais j'agis en enchanteur loyal et honnête ; et, au nom de sa maîtresse, c'est lui seul que je vais faire surgir.

BENVOLIO

Allons ! il s'est enfoncé sous ces arbres pour y

1. Allusion à une ballade populaire chantée du temps de Shakespeare.

chercher une nuit assortie à son humeur. Son amour est aveugle, et n'est à sa place que dans les ténèbres.

MERCUTIO

Si l'amour est aveugle, il ne peut pas frapper le but... Sans doute Roméo s'est assis au pied d'un pêcher, pour rêver qu'il le commet avec sa maîtresse. Bonne nuit, Roméo... Je vais trouver ma chère couchette ; ce lit de camp est trop froid pour que j'y dorme. Eh bien, partons-nous ?

BENVOLIO

Oui, partons ; car il est inutile de chercher ici qui ne veut pas se laisser trouver. (*Ils sortent.*)

SCÈNE II

Le jardin de Capulet. Sous les fenêtres de l'appartement de Juliette. Entre Roméo.

ROMÉO

Il se rit des plaies, celui qui n'a jamais reçu de

blessures ! (*Apercevant Juliette qui apparaît à une fenêtre.*) Mais doucement ! Quelle lumière jaillit par cette fenêtre ? Voilà l'Orient, et Juliette est le soleil ! Lève-toi, belle aurore, et tue la lune jalouse, qui déjà languit et pâlit de douleur, parce que toi, sa prêtresse, tu es plus belle qu'elle-même ! Ne sois plus sa prêtresse, puisqu'elle est jalouse de toi ; sa livrée de vestale[1] est maladive et blême, et les folles seules la portent : rejette-la !... Voilà ma dame ! Oh ! voilà mon amour ! Oh ! si elle pouvait le savoir !... Que dit-elle ? Rien... Elle se tait... Mais non ; son regard parle, et je veux lui répondre... Ce n'est pas à moi qu'elle s'adresse. Deux des plus belles étoiles du ciel, ayant affaire ailleurs, adjurent ses yeux de vouloir bien resplendir dans leur sphère jusqu'à ce qu'elles reviennent. Ah ! si les étoiles se substituaient à ses yeux, en même temps que ses yeux aux étoiles, le seul éclat de ses joues ferait pâlir la clarté des astres, comme le grand jour, une lampe ; et ses yeux, du haut du ciel, darderaient une telle lumière à travers les régions aériennes, que les oiseaux chanteraient, croyant que la nuit n'est plus. Voyez comme elle appuie sa joue sur sa main ! Oh ! que ne suis-je le gant de cette main ! Je toucherais sa joue !

1. Prêtresse de Vesta, déesse romaine présidant au feu du foyer domestique, qui était vouée à la chasteté.

JULIETTE

Hélas !

ROMÉO

Elle parle ! Oh ! parle encore, ange resplendissant ! Car tu rayonnes dans cette nuit, au-dessus de ma tête, comme le messager ailé du ciel, quand, aux yeux bouleversés des mortels qui se rejettent en arrière pour le contempler, il devance les nuées paresseuses et vogue sur le sein des airs !

JULIETTE

Ô Roméo ! Roméo ! pourquoi es-tu Roméo ? Renie ton père et abdique ton nom ; ou, si tu ne le veux pas, jure de m'aimer, et je ne serai plus une Capulet.

ROMÉO, *à part*

Dois-je l'écouter encore ou lui répondre ?

JULIETTE

Ton nom seul est mon ennemi. Tu n'es pas un Montague, tu es toi-même. Qu'est-ce qu'un Montague ? Ce n'est ni une main, ni un pied, ni un bras, ni un visage, ni rien qui fasse partie d'un homme... Oh ! sois quelque autre nom ! Qu'y a-t-il dans un nom ? Ce que nous appelons une rose embaumerait autant sous un autre nom. Ainsi, quand Roméo ne s'appellerait plus Roméo, il conserverait encore les chères perfections qu'il possède... Roméo, renonce à ton nom ; et, à la place de ce nom qui ne fait pas partie de toi, prends-moi tout entière.

ROMÉO

Je te prends au mot ! Appelle-moi seulement ton amour, et je reçois un nouveau baptême : désormais je ne suis plus Roméo.

JULIETTE

Quel homme es-tu, toi qui, ainsi caché par la nuit, viens de te heurter à mon secret ?

ROMÉO

Je ne sais par quel nom t'indiquer qui je suis. Mon nom, sainte chérie, m'est odieux à moi-même, parce qu'il est pour toi un ennemi : si je l'avais écrit là, j'en déchirerais les lettres.

JULIETTE

Mon oreille n'a pas encore aspiré cent paroles proférées par cette voix, et pourtant j'en reconnais le son. N'es-tu pas Roméo et un Montague ?

ROMÉO

Ni l'un ni l'autre, belle vierge, si tu détestes l'un et l'autre.

JULIETTE

Comment es-tu venu ici, dis-moi ? et dans quel but ? Les murs du jardin sont hauts et difficiles à gravir. Considère qui tu es : ce lieu est ta mort, si quelqu'un de mes parents te trouve ici.

ROMÉO

J'ai escaladé ces murs sur les ailes légères de l'amour : car les limites de pierre ne sauraient arrêter l'amour, et ce que l'amour peut faire, l'amour ose le tenter ; voilà pourquoi tes parents ne sont pas un obstacle pour moi.

JULIETTE

S'ils te voient, ils te tueront.

ROMÉO

Hélas ! il y a plus de péril pour moi dans ton regard que dans vingt de leurs épées : que ton œil me soit doux, et je suis à l'épreuve de leur inimitié.

JULIETTE

Je ne voudrais pas pour le monde entier qu'ils te vissent ici.

ROMÉO

J'ai le manteau de la nuit pour me soustraire à leur vue. D'ailleurs, si tu ne m'aimes pas, qu'ils me trouvent ici ! J'aime mieux ma vie finie par leur haine que ma mort différée sans ton amour.

JULIETTE

Quel guide as-tu donc eu pour arriver jusqu'ici ?

ROMÉO

L'amour, qui le premier m'a suggéré d'y venir : il m'a prêté son esprit et je lui ai prêté mes yeux. Je ne suis pas un pilote ; mais, quand tu serais à la même distance que la vaste plage baignée par la mer la plus lointaine, je risquerais la traversée pour une denrée pareille.

JULIETTE

Tu sais que le masque de la nuit est sur mon visage ; sans cela, tu verrais une virginale couleur colorer ma joue, quand je songe aux paroles que tu m'as entendue dire cette nuit. Ah ! je voudrais rester dans les convenances ; je voudrais, je voudrais nier ce que j'ai dit. Mais adieu, les cérémonies ! M'aimes-tu ? Je sais que tu vas dire *oui*, et je te croirai sur parole. Ne le jure pas : tu pourrais trahir ton serment : les parjures des amoureux font, dit-on, rire Jupiter[1]. Oh ! gentil Roméo, si tu m'aimes, proclame-le loyalement : et si tu crois que je me laisse trop vite gagner, je froncerai le sourcil, et je serai cruelle, et je te dirai *non,* pour que tu me fasses la cour : autrement, rien au monde ne m'y déciderait... En vérité, beau Montague, je suis trop éprise, et tu pourrais croire ma conduite légère ; mais crois-moi, gentilhomme, je me montrerai plus fidèle que celles qui savent mieux affecter la réserve. J'aurais été plus réservée, il faut que je l'avoue, si tu n'avais pas surpris, à mon insu, l'aveu passionné de mon amour : pardonne-moi donc

1. Nom romain de Zeus, le maître de l'Olympe.

et n'impute pas à une légèreté d'amour cette faiblesse que la nuit noire t'a permis de découvrir.

ROMÉO

Madame, je jure par cette lune sacrée qui argente toutes ces cimes chargées de fruits !...

JULIETTE

Oh ! ne jure pas par la lune, l'inconstante lune dont le disque change chaque mois, de peur que ton amour ne devienne aussi variable !

ROMÉO

Par quoi dois-je jurer ?

JULIETTE

Ne jure pas du tout ; ou, si tu le veux, jure par ton gracieux être, qui est le dieu de mon idolâtrie, et je te croirai.

ROMÉO

Si l'amour profond de mon cœur...

JULIETTE

Ah ! ne jure pas ! Quoique tu fasses ma joie, je ne puis goûter cette nuit toutes les joies de notre rapprochement ; il est trop brusque, trop imprévu, trop subit, trop semblable à l'éclair qui a cessé d'être avant qu'on ait pu dire : il brille !... Doux ami, bonne nuit ! Ce bouton d'amour, mûri par l'haleine de l'été, pourra devenir une belle fleur, à notre prochaine entrevue... Bonne nuit, bonne nuit ! Puisse le repos, puisse le calme délicieux qui est dans mon sein, arriver à ton cœur !

ROMÉO

Oh ! vas-tu donc me laisser si peu satisfait ?

JULIETTE

Quelle satisfaction peux-tu obtenir cette nuit ?

ROMÉO

Le solennel échange de ton amour contre le mien.

JULIETTE

Mon amour ! je te l'ai donné avant que tu l'aies

demandé. Et pourtant je voudrais qu'il fût encore à donner.

ROMÉO

Voudrais-tu me le retirer ? Et pour quelle raison, mon amour ?

JULIETTE

Rien que pour être généreuse et te le donner encore. Mais je désire un bonheur que j'ai déjà : ma libéralité[1] est aussi illimitée que la mer, et mon amour aussi profond : plus je te donne, plus il me reste, car l'une et l'autre sont infinis. (*On entend la voix de la nourrice.*) J'entends du bruit dans la maison. Cher amour, adieu ! J'y vais, bonne nourrice !... Doux Montague, sois fidèle. Attends un moment, je vais revenir. (*Elle se retire de la fenêtre.*)

ROMÉO

Ô céleste, céleste nuit ! J'ai peur, comme il fait nuit, que tout ceci ne soit qu'un rêve, trop délicieusement flatteur pour être réel.

Juliette revient.

---

1. Générosité, disposition à donner généreusement.

JULIETTE

Trois mots encore, cher Roméo, et bonne nuit, cette fois ! Si l'intention de ton amour est honorable, si ton but est le mariage, fais-moi savoir demain, par la personne que je ferai parvenir jusqu'à toi, en quel lieu et à quel moment tu veux accomplir la cérémonie, et alors je déposerai à tes pieds toutes mes destinées, et je te suivrai, monseigneur, jusqu'au bout du monde !

LA NOURRICE, *derrière le théâtre*

Madame !

JULIETTE

J'y vais ! tout à l'heure ! Mais si ton arrière-pensée n'est pas bonne, je te conjure...

LA NOURRICE, *derrière le théâtre*

Madame !

JULIETTE

À l'instant ! j'y vais !... de cesser tes instances et de me laisser à ma douleur... J'enverrai demain.

ROMÉO

Par le salut de mon âme...

JULIETTE

Mille fois bonne nuit ! (*Elle quitte la fenêtre.*)

ROMÉO

La nuit ne peut qu'empirer mille fois, dès que ta lumière lui manque... (*Se retirant à pas lents.*) L'amour court vers l'amour comme l'écolier hors de la classe ; mais il s'en éloigne avec l'air accablé de l'enfant qui rentre à l'école[1].

Juliette reparaît à la fenêtre.

JULIETTE

Stt ! Roméo ! Stt !... Oh ! que n'ai-je la voix du fauconnier pour réclamer mon noble tiercelet[2] ! Mais la captivité est enrouée et ne peut parler haut : sans quoi j'ébranlerais la caverne où Écho[3] dort, et sa voix aérienne serait bientôt plus enrouée que la

1. La séparation des amoureux est aussi douloureuse que d'aller à l'école, pour l'élève.
2. Faucon mâle.
3. Nymphe, divinité de la nature, qui, à sa mort, devint une voix répétant les dernières syllabes des mots que l'on prononce.

mienne, tant je lui ferais répéter le nom de mon Roméo !

ROMÉO, *revenant sur ses pas*

C'est mon âme qui me rappelle par mon nom ! Quels sons argentins[1] a dans la nuit la voix de la bien-aimée ! Quelle suave musique pour l'oreille attentive !

JULIETTE

Roméo !

ROMÉO

Ma mie[2] ?

LA NOURRICE, *derrière le théâtre*

Madame !

JULIETTE

À quelle heure, demain, enverrai-je vers toi ?

---

1. Clairs comme l'argent.
2. Abréviation du mot amie.

ROMÉO

À neuf heures.

JULIETTE

Je n'y manquerai pas : il y a vingt ans d'ici là. J'ai oublié pourquoi je t'ai rappelé.

ROMÉO

Laisse-moi rester ici jusqu'à ce que tu t'en souviennes.

JULIETTE

Je l'oublierai, pour que tu restes là toujours, me rappelant seulement combien j'aime ta compagnie.

ROMÉO

Et je resterai là pour que tu l'oublies toujours, oubliant moi-même que ma demeure est ailleurs.

JULIETTE

Il est presque jour. Je voudrais que tu fusses parti, mais sans t'éloigner plus que l'oiseau familier d'une joueuse enfant : elle le laisse voleter un peu hors de sa main, pauvre prisonnier embarrassé de liens, et vite elle le ramène en tirant le fil de soie, tant elle est tendrement jalouse de sa liberté !

ROMÉO

Je voudrais être ton oiseau !

JULIETTE

Ami, je le voudrais aussi ; mais je te tuerais à force de caresses. Bonne nuit ! bonne nuit ! Si douce est la tristesse de nos adieux que je te dirais : bonne nuit ! jusqu'à ce qu'il soit jour. (*Elle se retire.*)

ROMÉO, *seul*

Que le sommeil se fixe sur tes yeux et la paix dans ton cœur ! Je voudrais être le sommeil et la paix, pour reposer si délicieusement ! Je vais de ce pas à la cellule de mon père spirituel, pour implorer son aide et lui conter mon bonheur. (*Il sort.*)

SCÈNE III

La cellule de frère Laurent.
Entre Frère Laurent, portant un panier.

LAURENT

L'aube aux yeux gris couvre de son sourire la nuit grimaçante, et diapre[1] de lignes lumineuses les nuées d'Orient ; l'ombre couperosée, chancelant comme un ivrogne, s'éloigne de la route du jour devant les roues du Titan[2] radieux. Avant que le soleil, de son regard de flamme, ait ranimé le jour et séché la moite rosée de la nuit, il faut que je remplisse cette cage d'osier de plantes pernicieuses[3] et de fleurs au suc précieux. La terre, qui est la mère des créatures, est aussi leur tombe ; leur sépulcre est sa matrice même[4]. Les enfants de toute espèce, sortis de son flanc, nous les trouvons suçant sa mamelle inépuisable ; la plupart sont doués de nombreuses vertus ; pas un qui n'ait son mérite, et pourtant tous diffèrent ! Oh ! combien efficace est la grâce qui réside dans les herbes, dans les plantes, dans les pierres et dans leurs qualités intimes ! Il n'est rien sur la terre de si humble qui ne

1. Pare de couleurs variées et changeantes.
2. Hélios, le Soleil, appartient à la génération des Titans, antérieure aux Olympiens, et parcourt le ciel sur un char aux roues de feu.
3. Maléfiques, qui causent du mal.
4. C'est un tombeau aussi bien qu'un berceau.

rende à la terre un service spécial ; il n'est rien non plus de si bon qui, détourné de son légitime usage, ne devienne rebelle à son origine et ne tombe dans l'abus. La vertu même devient vice, étant mal appliquée, et le vice est parfois ennobli par l'action.

Entre Roméo.

LAURENT, *prenant une fleur dans le panier*

Le calice enfant de cette faible fleur recèle un poison et une liqueur puissants : respirez-la, elle stimule et l'odorat et toutes les facultés ; goûtez-la, elle frappe de mort et le cœur et tous les sens. Deux reines ennemies sont sans cesse en lutte dans l'homme comme dans la plante, la grâce et la rude volonté ; et là où la pire prédomine, le ver de la mort a bien vite dévoré la créature.

ROMÉO

Bonjour, père.

LAURENT

Benedicite[1] *!* Quelle voix matinale me salue si doucement ? Jeune fils, c'est signe de quelque

1. *Dieu te bénisse* ; salutation coutumière des croyants (mot latin).

désordre d'esprit, quand on dit adieu si tôt à son lit. Le souci fait le guet dans les yeux du vieillard, et le sommeil n'entre jamais où loge le souci. Mais là où la jeunesse ingambe[1] repose, le cerveau dégagé, là règne le sommeil d'or. Je conclus donc de ta visite matinale que quelque grave perturbation t'a mis sur pied. Si cela n'est pas, je devine que notre Roméo ne s'est pas couché cette nuit.

ROMÉO

Cette dernière conjecture[2] est la vraie ; mais mon repos n'en a été que plus doux.

LAURENT

Dieu pardonne au pécheur ! Étais-tu donc avec Rosaline ?

ROMÉO

Avec Rosaline ! Oh non, mon père spirituel : j'ai oublié ce nom, et tous les maux attachés à ce nom.

LAURENT

Voilà un bon fils... Mais où as-tu été alors ?

---

1. Qui a un usage normal de ses jambes.
2. Hypothèse, opinion fondée sur des probabilités.

ROMÉO

Je vais te le dire et t'épargner de nouvelles questions. Je me suis trouvé à la même fête que mon ennemi : tout à coup cet ennemi m'a blessé, et je l'ai blessé à mon tour : notre guérison à tous deux dépend de tes secours et de ton ministère sacré[1]. Tu le vois, saint homme, je n'ai pas de haine ; car j'intercède pour mon adversaire comme pour moi.

LAURENT

Parle clairement, mon cher fils, et explique-toi sans détour : une confession équivoque n'obtient qu'une absolution[2] équivoque.

ROMÉO

Apprends-le donc tout net, j'aime d'un amour profond la fille charmante du riche Capulet. Son cœur s'est attaché à moi et moi au sien ; pour que notre union soit complète, il ne nous manque que d'être unis par toi dans le saint mariage. Quand, où et comment nous nous sommes vus, aimés et fiancés, je te le dirai chemin faisant ; mais, avant tout, je t'en prie, consens à nous marier aujourd'hui même.

1. Du pouvoir d'ordonner le sacrement du mariage.
2. Pardon des péchés accordé par le prêtre après la confession.

LAURENT

Par saint François ! quel changement ! Cette Rosaline que tu aimais tant, est-elle donc si vite délaissée ? Ah ! l'amour des jeunes gens n'est pas vraiment dans le cœur, il n'est que dans les yeux. Jésus Maria ! Que de larmes pour Rosaline ont inondé tes joues blêmes ! Que d'eau salée prodiguée en pure perte pour assaisonner un amour qui n'en garde pas même l'arrière-goût ! Le soleil n'a pas encore dissipé tes soupirs dans le ciel : tes gémissements passés tintent encore à mes vieilles oreilles. Tiens, il y a encore là, sur ta joue, la trace d'une ancienne larme, non essuyée encore ! Si alors tu étais bien toi-même, si ces douleurs étaient bien les tiennes, toi et tes douleurs vous étiez tout à Rosaline ; et te voilà déjà changé ! Prononce donc avec moi cette sentence : Les femmes peuvent faillir, quand les hommes ont si peu de force.

ROMÉO

Tu m'as souvent reproché mon amour pour Rosaline.

LAURENT

Ton amour ? Non, mon enfant, mais ton idolâtrie[1].

1. Amour excessif.

ROMÉO

Et tu m'as dit d'ensevelir cet amour.

LAURENT

Je ne t'ai pas dit d'enterrer un amour pour en exhumer un autre.

ROMÉO

Je t'en prie, ne me gronde pas : celle que j'aime à présent me rend faveur pour faveur, et amour pour amour ; l'autre n'agissait pas ainsi.

LAURENT

Oh ! elle voyait bien que ton amour déclamait sa leçon avant même de savoir épeler. Mais viens, jeune volage[1], viens avec moi ; une raison me décide à t'assister : cette union peut, par un heureux effet, changer en pure affection la rancune de vos familles.

ROMÉO

Oh ! partons : il y a urgence à nous hâter.

1. Inconstant, qui change aisément de sentiments.

LAURENT

Allons sagement et doucement : on trébuche quand on court vite. (*Ils sortent.*)

SCÈNE IV

Une rue. Entrent Benvolio et Mercutio.

MERCUTIO

Où diable ce Roméo peut-il être ? Est-ce qu'il n'est pas rentré cette nuit ?

BENVOLIO

Non, pas chez son père ; j'ai parlé à son valet.

MERCUTIO

Ah ! cette pâle fille au cœur de pierre, cette Rosaline, le tourmente tant qu'à coup sûr il en deviendra fou.

BENVOLIO

Tybalt, le parent du vieux Capulet, lui a envoyé une lettre chez son père.

MERCUTIO

Un défi, sur mon âme !

BENVOLIO

Roméo répondra.

MERCUTIO

Tout homme qui sait écrire peut répondre à une lettre.

BENVOLIO

C'est à l'auteur de la lettre qu'il répondra : provocation pour provocation.

MERCUTIO

Hélas ! pauvre Roméo ! il est déjà mort : poignardé par l'œil noir d'une blanche donzelle, frappé à l'oreille par un chant d'amour, atteint au beau milieu du cœur par la flèche de l'aveugle archer... Est-ce là un homme en état de tenir tête à Tybalt ?

BENVOLIO

Eh ! qu'est-ce donc que ce Tybalt ?

MERCUTIO

Plutôt le prince des tigres que des chats, je puis vous le dire. Oh ! il est le courageux capitaine du point d'honneur. Il se bat comme vous modulez un air, observe les temps, la mesure et les règles, allonge piano, une, deux, trois, et vous touche en pleine poitrine. C'est un pourfendeur de boutons de soie, un duelliste, un duelliste, un gentilhomme de première salle, qui ferraille pour la première cause venue. (*Il se met en garde et se fend.*) Oh ! la botte immortelle ! la riposte en tierce ! touché !

BENVOLIO

Quoi donc ?

MERCUTIO, *se relevant*

Au diable ces merveilleux grotesques avec leur zézaiement, et leur affectation, et leur nouvel accent ! (*Changeant de voix.*) *Jésus ! la bonne lame ! le bel homme ! l'excellente putain !* Ah ! mon grand-père, n'est-ce pas chose lamentable que nous soyons ainsi harcelés par ces moustiques étrangers, par ces colporteurs de modes qui nous poursuivent de leurs *pardonnez-moi*, et qui, tant ils sont rigides sur leurs nouvelles formes, ne sauraient plus s'asseoir à l'aise sur nos vieux escabeaux ? Peste soit de leurs bonjours et de leurs bonsoirs.

Entre Roméo, rêveur.

BENVOLIO

Voici Roméo ! Voici Roméo !

MERCUTIO

N'ayant plus que les os ! sec comme un hareng saur ! Oh ! pauvre chair, quel triste maigre tu fais !... Voyons, donne-nous un peu de cette poésie dont débordait Pétrarque[1] : comparée à ta dame, Laure n'était qu'une fille de cuisine, bien que son chantre[2] sût mieux rimer que toi ; Didon, une dondon ; Cléopâtre, une bohémienne ; Hélène, une catin ; Héro,

1. Pétrarque (1304–1374), poète italien, qui chanta sa muse Laure dans ses sonnets.
2. Poète.

une gourgandine[1] ; Thisbé[2], un œil d'azur, mais sans éclat ! Signor Roméo, *bonjour !* À votre culotte française[3] le salut français !... Vous nous avez joués d'une manière charmante hier soir.

ROMÉO

Salut à tous deux !... que voulez-vous dire ?

MERCUTIO

Eh ! vous ne comprenez pas ? vous avez fait une fugue, une si belle fugue !

ROMÉO

Pardon, mon cher Mercutio, j'avais une affaire urgente ; et, dans un cas comme le mien, il est permis à un homme de brusquer la politesse.

MERCUTIO

Autant dire que, dans un cas comme le vôtre, un homme est forcé de fléchir le jarret pour...

---

1. Femme de mauvaise vie.
2. Mercutio fait allusion à une série de couples célèbres : Didon et Énée, Cléopâtre et Antoine, Hélène et Pâris, Héro et Léandre, Thisbé et Pyrame.
3. Culotte ample et flottante.

ROMÉO

Pour tirer sa révérence.

MERCUTIO

Merci. Tu as touché juste.

ROMÉO

C'est l'explication la plus bienséante.

MERCUTIO

Sache que je suis la rose de la bienséance.

ROMÉO

Fais-la-moi sentir.

MERCUTIO

La rose même !

ROMÉO, *montrant sa chaussure couverte de rubans*

Mon escarpin t'en offre la rosette !

MERCUTIO

Bien dit. Prolonge cette plaisanterie jusqu'à ce que ton escarpin soit éculé : quand il n'aura plus de talon, tu pourras du moins appuyer sur la pointe.

ROMÉO

Plaisanterie de va-nu-pieds !

MERCUTIO

Au secours, bon Benvolio ! mes esprits se dérobent.

ROMÉO

Donne-leur du fouet et de l'éperon ; sinon, je crie : victoire !

MERCUTIO

Si c'est à la course des oies[1] que tu me défies, je me récuse : il y a de l'oie dans un seul de tes esprits plus que dans tous les miens... M'auriez-vous pris pour une oie ?

1. Divertissement campagnard, type de jeu épuisant et stupide.

ROMÉO

Je ne t'ai jamais pris pour autre chose.

MERCUTIO

Je vais te mordre l'oreille pour cette plaisanterie-là.

ROMÉO

Non. Bonne oie ne mord pas.

MERCUTIO

Ton esprit est comme une pomme aigre : il est à la sauce piquante.

ROMÉO

N'est-ce pas ce qu'il faut pour accommoder l'oie grasse ?

MERCUTIO

Esprit en peau de chevreau ! Il s'allonge quand

on le tire ; avec un pouce d'ampleur on en fait long comme une verge[1].

ROMÉO

Je n'ai qu'à prêter l'ampleur à l'oie en question, cela suffit ; te voilà déclaré... grosse oie. (*Ils éclatent de rire.*)

MERCUTIO

Eh bien, ne vaut-il pas mieux rire ainsi que de geindre par amour ? Te voilà sociable à présent, te voilà redevenu Roméo ; te voilà ce que tu dois être, de par l'art et de par la nature. Crois-moi, cet amour grognon n'est qu'un grand nigaud qui s'en va, tirant la langue, et cherchant un trou où fourrer sa... marotte.

BENVOLIO

Arrête-toi là, arrête-toi là.

MERCUTIO

Tu veux donc que j'arrête mon histoire à contre-poil ?

1. Nom d'une ancienne mesure pour les étoffes.

BENVOLIO

Je craignais qu'elle ne fût trop longue.

MERCUTIO

Oh ! tu te trompes : elle allait être fort courte, car je suis à bout et je n'ai pas l'intention d'occuper la place plus longtemps.

ROMÉO

Voilà qui est parfait.

Entrent la nourrice et Pierre.

MERCUTIO

Une voile ! une voile ! une voile !

BENVOLIO

Deux voiles ! deux voiles ! une culotte et un jupon.

LA NOURRICE

Pierre !

PIERRE

Voilà !

LA NOURRICE

Mon éventail, Pierre.

MERCUTIO

Donne-le-lui, bon Pierre, qu'elle cache son visage, son éventail est moins laid.

LA NOURRICE

Dieu vous donne le bonjour, mes gentilshommes !

MERCUTIO

Dieu vous donne le bonsoir, ma gentille femme !

LA NOURRICE

C'est donc déjà le soir ?

MERCUTIO

Oui, déjà, je puis vous le dire, car l'index libertin du cadran est en érection sur midi.

LA NOURRICE

Diantre de vous ! quel homme êtes-vous donc ?

ROMÉO

Un mortel, gentille femme, que Dieu créa pour se faire injure à lui-même.

LA NOURRICE

Bien répondu, sur ma parole ! Pour se faire injure à lui-même, a-t-il dit... Messieurs, quelqu'un de vous saurait-il m'indiquer où je puis trouver le jeune Roméo ?

ROMÉO

Je puis vous l'indiquer : pourtant le jeune Roméo, quand vous l'aurez trouvé, sera plus vieux qu'au moment où vous vous êtes mise à le chercher. Je suis le plus jeune de ce nom-là, à défaut d'un pire.

LA NOURRICE

Fort bien !

MERCUTIO

C'est le pire qu'elle trouve fort bien ! bonne remarque, ma foi, fort sensée, fort sensée.

LA NOURRICE, *à Roméo*

Si vous êtes Roméo, monsieur, je désire vous faire une courte confidence.

BENVOLIO

Elle va le convier à quelque souper.

MERCUTIO

Une maquerelle ! une maquerelle ! une maquerelle ! Taïaut[1] !

ROMÉO, *à Mercutio*

Quel gibier as-tu donc levé ?

MERCUTIO

Ce n'est pas précisément un lièvre, mais une bête

1. Cri du chasseur à courre pour signaler la bête.

à poil, rance comme la venaison[1] moisie d'un pâté de carême[2]. (*Il chante.*)

Un vieux lièvre faisandé
Quoiqu'il ait le poil gris
Est un fort bon plat de carême
Mais un vieux lièvre faisandé
A trop longtemps duré,
S'il est moisi avant d'être fini.

Roméo, venez-vous chez votre père ? Nous y allons dîner.

ROMÉO

Je vous suis.

MERCUTIO, *saluant la nourrice en chantant*

Adieu, antique dame, adieu, madame, adieu, madame. (*Sortent Mercutio et Benvolio.*)

1. Chair de gibier.
2. Pâté sans viande, qu'on mange pendant la période de jeûne entre le Mardi gras et le jour de Pâques.

LA NOURRICE

Oui, morbleu, adieu ! Dites-moi donc quel est cet impudent fripier[1] qui a débité tant de vilenies[2] ?

ROMÉO

C'est un gentilhomme, nourrice, qui aime à s'entendre parler, et qui en dit plus en une minute qu'il ne pourrait en écouter en un mois.

LA NOURRICE

S'il s'avise de rien dire contre moi, je le mettrai à la raison, fût-il vigoureux comme vingt freluquets de son espèce ; et si je ne le puis moi-même, j'en trouverai qui y parviendront. Le polisson ! le malotru ! Je ne suis pas une de ses drôlesses ; je ne suis pas une de ses femelles ! (*À Pierre.*) Et toi aussi, il faut que tu restes coi[3] et que tu permettes au premier croquant[4] venu d'user de moi à sa guise !

PIERRE

Je n'ai vu personne user de vous à sa guise ; si je

1. Insolent malappris, mal élevé.
2. Paillardises, grossièretés.
3. Planté là, sans rien dire.
4. Homme de rien, rustre.

l'avais vu, ma lame aurait bien vite été dehors, je vous le garantis. Je suis aussi prompt qu'un autre à dégainer, quand je vois occasion pour une bonne querelle, et que la loi est de mon côté.

LA NOURRICE

Vive Dieu ! je suis si vexée que j'en tremble de tous mes membres !... Le polisson ! le malotru !... De grâce, monsieur, un mot ! Comme je vous l'ai dit, ma jeune maîtresse m'a chargée d'aller à votre recherche... Ce qu'elle m'a chargée de vous dire, je le garde pour moi... Mais d'abord laissez-moi vous déclarer que, si vous aviez l'intention, comme on dit, de la mener au paradis des fous, ce serait une façon d'agir très grossière, comme on dit : car la demoiselle est si jeune ! Si donc il vous arrivait de jouer double jeu avec elle, ce serait un vilain trait à faire à une demoiselle, et un procédé très mesquin.

ROMÉO

Nourrice, recommande-moi à ta dame et maîtresse. Je te jure...

LA NOURRICE

L'excellent cœur ! Oui, ma foi, je le lui dirai. Seigneur ! Seigneur ! Elle va être bien joyeuse.

ROMÉO

Que lui diras-tu, nourrice ? Tu ne m'écoutes pas.

LA NOURRICE

Je lui dirai, monsieur, que vous jurez, ce qui, à mon avis, est une action toute gentilhommière.

ROMÉO

Dis-lui de trouver quelque moyen d'aller à confesse cette après-midi ; c'est dans la cellule de frère Laurent qu'elle sera confessée et mariée. Voici pour ta peine. (*Il lui offre sa bourse.*)

LA NOURRICE

Non vraiment, monsieur, pas un denier[1] !

ROMÉO

Allons ! il le faut, te dis-je.

1. Pas un sou.

LA NOURRICE, *prenant la bourse*

Cette après-midi, monsieur ? Bon, elle sera là.

ROMÉO

Et toi, bonne nourrice, tu attendras derrière le mur de l'abbaye. Avant une heure, mon valet ira te rejoindre et t'apportera une échelle de corde : ce sont les haubans[1] par lesquels je dois, dans le mystère de la nuit, monter au hunier[2] de mon bonheur. Adieu !... Recommande-moi à ta maîtresse.

LA NOURRICE

Sur ce, que le Dieu du ciel te bénisse ! Écoutez, monsieur.

ROMÉO

Qu'as-tu à me dire, ma chère nourrice ?

LA NOURRICE

Votre valet est-il discret ? Vous connaissez sans doute le proverbe : Deux personnes, hormis une, peuvent garder un secret.

1. Cordages servant à maintenir les mâts par le travers ou par l'arrière.
2. Voile du mât de hune, au-dessus des basses voiles.

ROMÉO

Rassure-toi : mon valet est éprouvé comme l'acier.

LA NOURRICE

Bien, monsieur : ma maîtresse est bien la plus charmante dame... Seigneur ! Seigneur !... Quand elle n'était encore qu'un petit être babillard !... Oh ! il y a en ville un grand seigneur, un certain Pâris, qui voudrait bien tâter du morceau ; mais elle, la bonne âme, elle aimerait autant voir un crapaud, un vrai crapaud, que de le voir, lui. Je la fâche quelquefois quand je lui dis que Pâris est l'homme qui lui convient le mieux : ah ! je vous le garantis, quand je dis ça, elle devient aussi pâle que n'importe quel linge au monde... *Romarin* et *Roméo* commencent tous deux par la même lettre, n'est-ce pas ?

ROMÉO

Oui, nourrice. L'un et l'autre commencent par un R. Après ?

LA NOURRICE

Ah ! vous dites ça d'un air moqueur. Un R, c'est bon pour le nom d'un chien, puisque c'est un grognement de chien... Je suis bien sûre que Roméo commence par une autre lettre... Allez, elle dit de si jolies sentences sur vous et sur le romarin, que cela vous ferait du bien de les entendre.

ROMÉO

Recommande-moi à ta maîtresse. (*Il sort.*)

LA NOURRICE

Oui, mille fois !... Pierre !

PIERRE

Voilà !

LA NOURRICE

En avant, et lestement. (*Ils sortent.*)

SCÈNE V

Le jardin de Capulet. Entre Juliette.

JULIETTE

L'horloge frappait neuf heures, quand j'ai envoyé

la nourrice ; elle m'avait promis d'être de retour en une demi-heure... Peut-être n'a-t-elle pas pu le trouver !... Mais non... Oh ! elle est boiteuse ! Les messagers d'amour devraient être des pensées, plus promptes dix fois que les rayons du soleil, qui dissipent l'ombre au-dessus des collines nébuleuses. Aussi l'amour est-il traîné par d'agiles colombes ; aussi Cupidon a-t-il des ailes rapides comme le vent. Maintenant le soleil a atteint le sommet suprême de sa course d'aujourd'hui ; de neuf heures à midi il y a trois longues heures, et elle n'est pas encore venue ! Si elle avait les affections et le sang brûlant de la jeunesse, elle aurait le leste mouvement d'une balle ; d'un mot je la lancerais à mon bien-aimé qui me la renverrait d'un mot. Mais ces vieilles gens, on les prendrait souvent pour des morts, à voir leur inertie, leur lenteur, leur lourdeur et leur pâleur de plomb.

Entrent la nourrice et Pierre.

JULIETTE

Mon Dieu, la voici enfin... Ô nourrice de miel, quoi de nouveau ? L'as-tu trouvé ?... Renvoie cet homme.

LA NOURRICE

Pierre, restez à la porte. (*Pierre sort.*)

JULIETTE

Eh bien, bonne, douce nourrice ?... Seigneur ! pourquoi as-tu cette mine abattue ? Quand tes nouvelles seraient tristes, annonce-les-moi gaiement. Si tes nouvelles sont bonnes, tu fais tort à leur douce musique en me la jouant avec cet air aigre.

LA NOURRICE

Je suis épuisée ; laisse-moi respirer un peu. Ah ! que mes os me font mal ! Quelle course j'ai faite !

JULIETTE

Je voudrais que tu eusses mes os, pourvu que j'eusse des nouvelles... Allons, je t'en prie, parle ; bonne, bonne nourrice, parle.

LA NOURRICE

Jésus ! quelle hâte ! Pouvez-vous pas attendre un peu ? Voyez-vous pas que je suis hors d'haleine ?

JULIETTE

Comment peux-tu être hors d'haleine quand il te reste assez d'haleine pour me dire que tu es hors d'haleine ? L'excuse que tu donnes à tant de délais est plus longue à dire que le récit que tu t'excuses de différer. Tes nouvelles sont-elles bonnes ou mauvaises ? Réponds à cela ; réponds d'un mot, et j'attendrai les détails. Édifie-moi : sont-elles bonnes ou mauvaises ?

LA NOURRICE

Ma foi, vous avez fait là un pauvre choix : vous ne vous entendez pas à choisir un homme : Roméo, un homme ? non. Bien que son visage soit le plus beau visage qui soit, il a la jambe mieux faite que tout autre ; et pour la main, pour le pied, pour la taille, bien qu'il n'y ait pas grand-chose à en dire, tout cela est incomparable... Il n'est pas la fleur de la courtoisie, pourtant je le garantis aussi doux qu'un agneau... Va ton chemin, fillette, sers Dieu... Ah çà ! avez-vous dîné ici ?

JULIETTE

Non, non... Mais je savais déjà tout cela. Que dit-il de notre mariage ? Qu'est-ce qu'il en dit ?

LA NOURRICE

Seigneur, que la tête me fait mal ! quelle tête j'ai ! Elle bat comme si elle allait tomber en vingt morceaux... Et puis, d'un autre côté, mon dos... Oh ! mon dos ! mon dos ! Méchant cœur que vous êtes de m'envoyer ainsi pour attraper ma mort à galoper de tous côtés !

JULIETTE

En vérité, je suis fâchée que tu ne sois pas bien : chère, chère, chère nourrice, dis-moi, que dit mon bien-aimé ?

LA NOURRICE

Votre bien-aimé parle en gentilhomme loyal, et courtois, et affable, et gracieux, et, j'ose le dire, vertueux... Où est votre mère ?

JULIETTE

Où est ma mère ? Eh bien, elle est à la maison : où veux-tu qu'elle soit ? Que tu réponds singulièrement ! *Votre bien-aimé parle en gentilhomme loyal, où est votre mère ?*

LA NOURRICE

Oh ! Notre-Dame du bon Dieu ! Êtes-vous à ce point brûlante ? Pardine[1], échauffez-vous encore : est-ce là votre cataplasme[2] pour mes pauvres os ? Dorénavant, faites vos messages vous-même !

JULIETTE

Que d'embarras !... Voyons, que dit Roméo ?

LA NOURRICE

Avez-vous permission d'aller à confesse aujourd'hui ?

JULIETTE

Oui.

LA NOURRICE

Eh bien, courez de ce pas à la cellule de frère Laurent : un mari vous y attend pour faire de vous

1. Pardi, exclamation par laquelle on renforce une déclaration (altération de pardieu).
2. Préparation médicale pâteuse, appliquée sur la peau (Juliette lui frotte le dos pour calmer ses douleurs).

sa femme. Ah bien ! voilà ce fripon de sang qui vous vient aux joues : bientôt elles deviendront écarlates à la moindre nouvelle. Courez à l'église ; moi, je vais d'un autre côté, chercher l'échelle par laquelle votre bien-aimé doit grimper jusqu'au nid de l'oiseau, dès qu'il fera nuit noire. C'est moi qui suis la bête de somme, et je m'épuise pour votre plaisir ; mais, pas plus tard que ce soir, ce sera vous qui porterez le fardeau. Allons je vais dîner ; courez vite à la cellule.

JULIETTE

Vite au bonheur suprême !... Honnête nourrice, adieu. (*Elles sortent par des côtés différents.*)

SCÈNE VI

La cellule de frère Laurent.
Entrent frère Laurent et Roméo.

LAURENT

Veuille le ciel sourire à cet acte pieux, et puisse l'avenir ne pas nous le reprocher par un chagrin !

ROMÉO

Amen ! amen ! Mais viennent tous les chagrins possibles, ils ne sauraient contrebalancer le bonheur que me donne la plus courte minute passée en sa présence. Joins seulement nos mains avec les paroles saintes, et qu'alors la mort, vampire de l'amour, fasse ce qu'elle ose : c'est assez que Juliette soit mienne !

LAURENT

Ces joies violentes ont des fins violentes, et meurent dans leur triomphe : flamme et poudre, elles se consument en un baiser. Le plus doux miel devient fastidieux par sa suavité même, et détruit l'appétit par le goût : aime donc modérément. Modéré est l'amour durable. La précipitation n'atteint pas le but plus tôt que la lenteur.

Entre Juliette.

LAURENT

Voici la dame ! Oh ! jamais un pied aussi léger n'usera la dalle éternelle : les amoureux pourraient chevaucher sur ces fils de la Vierge qui flottent au souffle ardent de l'été, et ils ne tomberaient pas : si légère est toute vanité !

JULIETTE

Salut à mon vénérable confesseur !

LAURENT

Roméo te remerciera pour nous deux, ma fille.

JULIETTE

Je lui envoie le même salut : sans quoi ses remerciements seraient immérités.

ROMÉO

Ah ! Juliette, si ta joie est à son comble comme la mienne, et si, plus habile que moi, tu peux la peindre, alors parfume de ton haleine l'air qui nous entoure, et que la riche musique de ta voix exprime le bonheur idéal que nous fait ressentir à tous deux une rencontre si chère.

JULIETTE

Le sentiment, plus riche en impressions qu'en paroles, est fier de son essence, et non des ornements[1] : indigents[2] sont ceux qui peuvent compter leurs richesses ; mais mon sincère amour est parvenu à un tel excès que je ne saurais évaluer la moitié de mes trésors.

LAURENT

Allons, venez avec moi, et nous aurons bientôt fait ; sauf votre bon plaisir, je ne vous laisserai seuls que quand la sainte Église aura uni vos corps l'un à l'autre. (*Ils sortent.*)

1. Les mots ont moins d'importance que le sentiment lui-même.
2. Pauvres.

ACTE III

SCÈNE PREMIÈRE

Vérone. – La promenade du Cours
près de la porte des Borsari.
Entrent Mercutio, Benvolio, un page et des valets.

BENVOLIO

Je t'en prie, bon Mercutio, retirons-nous ; la journée est chaude ; les Capulets sont dehors, et, si nous les rencontrons, nous ne pourrons pas éviter une querelle : car, dans ces jours de chaleur, le sang est furieusement excité !

MERCUTIO

Tu m'as tout l'air d'un de ces gaillards qui, dès qu'ils entrent dans une taverne, me flanquent leur épée sur la table en disant : *Dieu veuille que je n'en aie pas besoin !* et qui, à peine la seconde rasade a-t-elle opéré, dégainent contre le cabaretier, sans qu'en réalité il en soit nul besoin.

BENVOLIO

Moi ! j'ai l'air d'un de ces gaillards-là ?

MERCUTIO

Allons, allons, tu as la tête aussi chaude que n'importe quel drille[1] d'Italie ; personne n'a plus d'emportement que toi à prendre de l'humeur et personne n'est plus d'humeur à s'emporter.

BENVOLIO

Comment cela ?

MERCUTIO

Oui, s'il existait deux êtres comme toi, nous n'en aurions bientôt plus un seul, car l'un tuerait l'autre. Toi ! mais tu te querelleras avec un homme qui aura au menton un poil de plus ou de moins que toi ! Tu te querelleras avec un homme qui fera craquer des

1. Soldat vagabond, tête brûlée.

noix, par cette unique raison que tu as l'œil couleur noisette : il faut des yeux comme les tiens pour découvrir là un grief ! Ta tête est pleine de querelles, comme l'œuf est plein du poussin ; ce qui ne l'empêche pas d'être vide, comme l'œuf cassé, à force d'avoir été battue à chaque querelle. Tu t'es querellé avec un homme qui toussait dans la rue, parce qu'il avait réveillé ton chien endormi au soleil. Un jour, n'as-tu pas cherché noise à un tailleur parce qu'il portait un pourpoint[1] neuf avant Pâques, et à un autre parce qu'il attachait ses souliers neufs avec un vieux ruban ? Et c'est toi qui me fais un sermon contre les querelles !

BENVOLIO

Si j'étais aussi querelleur que toi, je céderais ma vie en nue-propriété[2] au premier acheteur qui m'assurerait une heure et quart d'existence.

MERCUTIO

En nue-propriété ! Voilà qui serait propre !

Entrent Tybalt, Pétruchio et quelques partisans.

---

1. Ancien vêtement d'homme (on attendait Pâques pour étrenner les habits neufs).
2. Possession pleine et entière.

BENVOLIO

Sur ma tête, voici les Capulets.

MERCUTIO

Par mon talon[1], je ne m'en soucie pas.

TYBALT, *à ses amis*

Suivez-moi de près, car je vais leur parler... (*À Mercutio et à Benvolio.*) Bonsoir, messieurs : un mot à l'un de vous.

MERCUTIO

Rien qu'un mot ? Accouplez-le à quelque chose : donnez le mot et le coup.

TYBALT

Vous m'y trouverez assez disposé, messire, pour peu que vous m'en fournissiez l'occasion.

MERCUTIO

Ne pourriez-vous pas prendre l'occasion sans qu'on vous la fournît ?

---

1. Mercutio n'a aucunement l'intention de tourner les talons, de s'en aller.

TYBALT

Mercutio, tu es de concert avec Roméo...

MERCUTIO

De concert[1] ! Comment ! nous prends-tu pour des ménestrels[2] ? Si tu fais de nous des ménestrels, prépare-toi à n'entendre que désaccords. *(Mettant la main sur son épée.)* Voici mon archet ; voici qui vous fera danser. Sangdieu, de concert !

BENVOLIO

Nous parlons ici sur la promenade publique ; retirons-nous dans quelque lieu écarté, ou raisonnons froidement de nos griefs, ou enfin séparons-nous. Ici tous les yeux se fixent sur nous.

MERCUTIO

Les yeux des hommes sont faits pour voir : laissons-les se fixer sur nous : aucune volonté humaine ne me fera bouger, moi !

---

1. En parfait accord.
2. Musiciens et chanteurs ambulants au Moyen Âge.

TYBALT, *à Mercutio*

Allons, la paix soit avec vous, messire ! (*Montrant Roméo.*) Voici mon homme.

MERCUTIO

Je veux être pendu, messire, si celui-là porte votre livrée : morbleu, allez sur le terrain, il sera de votre suite ; c'est dans ce sens-là que votre seigneurie peut l'appeler son homme.

TYBALT

Roméo, l'amour que je te porte ne me fournit pas de terme meilleur que celui-ci : Tu es un infâme !

ROMÉO

Tybalt, les raisons que j'ai de t'aimer me font excuser la rage qui éclate par un tel salut... Je ne suis pas un infâme... Ainsi, adieu : je vois que tu ne me connais pas. (*Il va pour sortir.*)

TYBALT

Enfant, ceci ne saurait excuser les injures que tu m'as faites : tourne-toi donc, et en garde !

ROMÉO

Je proteste que je ne t'ai jamais fait injure, et que je t'aime d'une affection dont tu n'auras idée que le jour où tu en connaîtras les motifs... Ainsi, bon Capulet... (ce nom m'est aussi cher que le mien), tiens-toi pour satisfait.

MERCUTIO

Ô froide, déshonorante, ignoble soumission ! Une estocade pour réparer cela ! (*Il met l'épée à la main.*) Tybalt, tueur de rats, voulez-vous faire un tour ?

TYBALT

Que veux-tu de moi ?

MERCUTIO

Rien, bon roi des chats, rien qu'une de vos neuf vies ; celle-là, j'entends m'en régaler, me réservant, selon votre conduite future à mon égard, de mettre en hachis les huit autres. Tirez donc vite votre épée par les oreilles, ou, avant qu'elle soit hors de l'étui, vos oreilles sentiront la mienne.

TYBALT, *l'épée à la main*

Je suis à vous.

ROMÉO

Mon bon Mercutio, remets ton épée.

MERCUTIO, *à Tybalt*

Allons, messire, votre meilleure passe ! (*Ils se battent.*)

ROMÉO

Dégaine, Benvolio, et abattons leurs armes... Messieurs, par pudeur, reculez devant un tel outrage : Tybalt ! Mercutio ! Le prince a expressément interdit les rixes dans les rues de Vérone. Arrêtez, Tybalt ! cher Mercutio ! (*Roméo étend son épée entre les combattants. Tybalt atteint Mercutio par-dessous le bras de Roméo et s'enfuit avec ses partisans.*)

MERCUTIO

Je suis blessé... Malédiction sur les deux maisons ! Je suis expédié... Il est parti ! Est-ce qu'il n'a rien ? (*Il chancelle.*)

BENVOLIO, *soutenant Mercutio*

Quoi, es-tu blessé ?

MERCUTIO

Oui, oui, une égratignure, une égratignure, morbleu, c'est bien suffisant... Où est mon page ? Maraud, va me chercher un chirurgien. (*Le page sort.*)

ROMÉO

Courage, ami : la blessure ne peut être sérieuse.

MERCUTIO

Non, elle n'est pas aussi profonde qu'un puits, ni aussi large qu'une porte d'église ; mais elle est suffisante, elle peut compter : demandez à me voir demain, et, quand vous me retrouverez, j'aurai la gravité que donne la bière[1]. Je suis assaisonné, je vous le garantis, assez pour ce bas monde... Malédiction sur vos deux maisons !... Moi, un homme, être égratigné à mort par un chien, un rat, une souris, un chat ! par un fier-à-bras, un gueux, un marou-

1. Je serai mort (la bière désigne le cercueil).

fle[1] qui ne se bat qu'avec un manuel d'arithmétique ! (*À Roméo.*) Pourquoi diable vous êtes-vous mis entre nous ? J'ai reçu le coup par-dessous votre bras.

ROMÉO

J'ai cru faire pour le mieux.

MERCUTIO

Aide-moi jusqu'à une maison, Benvolio, ou je vais défaillir... Malédiction sur vos deux maisons ! Elles ont fait de moi de la viande à vermine... Oh ! j'ai reçu mon affaire, et bien à fond... Vos maisons ! (*Mercutio sort, soutenu par Benvolio.*)

ROMÉO, *seul*

Donc un bon gentilhomme, le proche parent du prince, mon intime ami, a reçu le coup mortel pour moi, après l'outrage déshonorant fait à ma réputation par Tybalt, par Tybalt, qui depuis une heure est mon cousin !... Ô ma douce Juliette, ta beauté m'a efféminé ; elle a amolli la trempe d'acier de ma valeur.

Rentre Benvolio.

---

1. Homme grossier, fripon.

BENVOLIO

Ô Roméo, Roméo ! le brave Mercutio est mort. Ce galant esprit a aspiré la nuée, trop tôt dégoûté de cette terre.

ROMÉO

Ce jour fera peser sur les jours à venir sa sombre fatalité : il commence le malheur, d'autres doivent l'achever.

Rentre Tybalt.

BENVOLIO

Voici le furieux Tybalt qui revient.

ROMÉO

Vivant ! triomphant ! et Mercutio tué ! Remonte au ciel, apaisante loyauté, et toi, furie à l'œil de flamme, sois mon guide maintenant ! Ah ! Tybalt, reprends pour toi ce nom d'infâme que tu m'as donné tout à l'heure : l'âme de Mercutio n'a fait que peu de chemin au-dessus de nos têtes, elle attend que la tienne vienne lui tenir compagnie. Il faut que toi ou moi, ou tous deux, nous allions le rejoindre.

TYBALT

Misérable enfant, tu étais son camarade ici-bas : c'est toi qui partiras d'ici avec lui.

ROMÉO, *mettant l'épée à la main*

Voici qui en décidera. (*Ils se battent. Tybalt tombe.*)

BENVOLIO

Fuis, Roméo, va-t'en ! Les citoyens sont sur pied, et Tybalt est tué... Ne reste pas là stupéfait. Le prince va te condamner à mort, si tu es pris... Hors d'ici ! va-t'en ! fuis !

ROMÉO

Oh ! je suis le bouffon de la fortune[1] !

BENVOLIO

Qu'attends-tu donc ? (*Roméo s'enfuit.*)

Entre une foule de citoyens armés.

---

1. Je suis le jouet du sort !

PREMIER CITOYEN

Par où s'est enfui celui qui a tué Mercutio ? Tybalt, ce meurtrier, par où s'est-il enfui ?

BENVOLIO

Ce Tybalt, le voici à terre !

PREMIER CITOYEN

Debout, monsieur, suivez-moi : je vous somme de m'obéir au nom du prince.

Entrent le prince et sa suite, Montague, Capulet, lady Montague, lady Capulet et d'autres.

LE PRINCE

Où sont les vils instigateurs de cette rixe ?

BENVOLIO

Ô noble prince, je puis te révéler toutes les circonstances douloureuses de cette fatale querelle. (*Montrant le corps de Tybalt.*) Voici l'homme qui a été tué par le jeune Roméo, après avoir tué ton parent, le jeune Mercutio.

LADY CAPULET, *se penchant sur le corps*

Tybalt, mon neveu !... Oh ! l'enfant de mon frère ! Oh ! prince !... Oh ! mon neveu !... mon mari ! C'est le sang de notre cher parent qui a coulé !... Prince, si tu es juste, verse le sang des Montagues pour venger notre sang... Oh ! mon neveu ! mon neveu !

LE PRINCE

Benvolio, qui a commencé cette rixe ?

BENVOLIO

Tybalt, que vous voyez ici, tué de la main de Roméo. En vain Roméo lui parlait sagement, lui disait de réfléchir à la futilité de la querelle, et le mettait en garde contre votre auguste déplaisir... Tout cela, dit d'une voix affable, d'un air calme, avec l'humilité d'un suppliant agenouillé, n'a pu faire trêve à la fureur indomptable de Tybalt, qui, sourd aux paroles de paix, a brandi la pointe de son épée contre la poitrine de l'intrépide Mercutio. Mercutio, tout aussi exalté, oppose le fer au fer dans ce duel à outrance ; avec un dédain martial, il écarte d'une main la froide mort et de l'autre la retourne contre

Tybalt, dont la dextérité la lui renvoie[1] ; Roméo leur crie : *Arrêtez, amis ! amis, séparez-vous !* et, d'un geste plus rapide que sa parole, il abat les pointes fatales. Au moment où il s'élance entre eux, passe sous son bras même une botte perfide de Tybalt qui frappe mortellement le fougueux Mercutio. Tybalt s'enfuit alors, puis tout à coup revient sur Roméo, qui depuis un instant n'écoute plus que la vengeance. Leur lutte a été un éclair ; car, avant que j'aie pu dégainer pour les séparer, le fougueux Tybalt était tué. En le voyant tomber, Roméo s'est enfui. Que Benvolio meure si telle n'est pas la vérité !

LADY CAPULET, *désignant Benvolio*

Il est parent des Montagues ; l'affection le fait mentir, il ne dit pas la vérité ! Une vingtaine d'entre eux se sont ligués pour cette lutte criminelle, et il a fallu qu'ils fussent vingt pour tuer un seul homme ! Je demande justice, fais-nous justice, prince. Roméo a tué Tybalt ; Roméo ne doit plus vivre.

LE PRINCE

Roméo a tué Tybalt, mais Tybalt a tué Mercutio : qui maintenant me payera le prix d'un sang si cher ?

---

1. Les deux adversaires ont chacun une épée et un poignard.

MONTAGUE

Ce ne doit pas être Roméo, prince, il était l'ami de Mercutio. Sa faute n'a fait que terminer ce que la loi eût tranché, la vie de Tybalt.

LE PRINCE

Et, pour cette offense, nous l'exilons sur-le-champ. Je suis moi-même victime de vos haines ; mon sang coule pour vos brutales disputes ; mais je vous imposerai une si rude amende que vous vous repentirez tous du malheur dont je souffre. Je serai sourd aux plaidoyers et aux excuses ; ni larmes ni prières ne rachèteront les torts ; elles sont donc inutiles. Que Roméo se hâte de partir ; l'heure où on le trouverait ici serait pour lui la dernière. Qu'on emporte ce corps et qu'on défère à notre volonté : la clémence ne fait qu'assassiner en pardonnant à ceux qui tuent.

SCÈNE II

Le jardin de Capulet. Entre Juliette.

JULIETTE

Retournez au galop, coursiers aux pieds de flamme, vers le logis de Phébus ; déjà un cocher comme Phaéton[1] vous aurait lancés dans l'ouest et aurait ramené la nuit nébuleuse... Étends ton épais rideau, nuit vouée à l'amour, que les yeux de la rumeur se ferment et que Roméo bondisse dans mes bras, ignoré, inaperçu ! Pour accomplir leurs amoureux devoirs, les amants y voient assez à la seule lueur de leur beauté ; et, si l'amour est aveugle, il s'accorde d'autant mieux avec la nuit... Viens, nuit solennelle, matrone[2] au sobre vêtement noir, apprends-moi à perdre, en la gagnant, cette partie qui aura pour enjeux deux virginités sans tache ; cache le sang hagard qui se débat dans mes joues, avec ton noir chaperon, jusqu'à ce que le timide amour, devenu plus hardi, ne voie plus que chasteté dans l'acte de l'amour ! À moi, nuit ! Viens, Roméo, viens : tu feras le jour de la nuit, quand tu arriveras sur les ailes de la nuit, plus éclatant que la neige nou-

1. Fils du Soleil, il eut un jour la permission de conduire le char paternel, mais l'aventure se termina en catastrophe.
2. Mère de famille de caractère grave et d'allure imposante.

velle sur le dos du corbeau. Viens, gentille nuit ; viens, chère nuit au front noir, donne-moi mon Roméo, et, quand il sera mort, prends-le et coupe-le en petites étoiles, et il rendra la face du ciel si splendide que tout l'univers sera amoureux de la nuit et refusera son culte à l'aveuglant soleil... Oh ! j'ai acheté un domaine d'amour, mais je n'en ai pas pris possession, et celui qui m'a acquise n'a pas encore joui de moi. Fastidieuse journée, lente comme la nuit l'est, à la veille d'une fête, pour l'impatiente enfant qui a une robe neuve et ne peut la mettre encore ! Oh ! voici ma nourrice...

Entre la nourrice, avec une échelle de corde.

JULIETTE

Elle m'apporte des nouvelles ; chaque bouche qui me parle de Roméo, me parle une langue céleste... Eh bien, nourrice, quoi de nouveau ?... Qu'as-tu là ? l'échelle de corde que Roméo t'a dit d'apporter ?

LA NOURRICE

Oui, oui, l'échelle de corde ! (*Elle laisse tomber l'échelle avec un geste de désespoir.*)

JULIETTE

Mon Dieu ! que se passe-t-il ? Pourquoi te tordre ainsi les mains ?

LA NOURRICE

Ah ! miséricorde ! il est mort, il est mort, il est mort ! Nous sommes perdues, madame, nous sommes perdues ! Hélas ! quel jour ! C'est fait de lui, il est tué, il est mort !

JULIETTE

Le ciel a-t-il pu être aussi cruel ?

LA NOURRICE

Roméo l'a pu, sinon le ciel... Ô Roméo ! Roméo ! Qui l'aurait jamais cru ? Roméo !

JULIETTE

Quel démon es-tu pour me torturer ainsi ? C'est un supplice à faire rugir les damnés de l'horrible enfer. Est-ce que Roméo s'est tué ? Dis-moi *oui* seulement, et ce simple oui m'empoisonnera plus vite que le regard meurtrier du basilic[1]. Je cesse d'exister s'il me faut ouïr ce oui, et si tu peux répondre : oui, les yeux de Roméo sont fermés ! Est-il mort ? dis *oui* ou *non,* et qu'un seul mot décide de mon bonheur ou de ma misère !

LA NOURRICE

J'ai vu la blessure, je l'ai vue de mes yeux... Par la croix du Sauveur... là, sur sa mâle poitrine... Un triste cadavre, un triste cadavre ensanglanté, pâle, pâle comme la cendre, tout couvert de sang, de sang caillé... À le voir, je me suis évanouie.

JULIETTE

Oh ! renonce, mon cœur ; toi qui es brisé, puisses-tu défaillir à jamais ! En prison, mes yeux ! Fermez-vous à la libre lumière ! Terre vile, retourne à la terre, cesse de te mouvoir, et, Roméo et toi, affaissez-vous dans le même tombeau.

LA NOURRICE

Ô Tybalt, Tybalt, le meilleur ami que j'eusse ! Ô courtois Tybalt ! honnête gentilhomme ! Faut-il que j'aie vécu pour te voir mourir !

---

1. Serpent auquel les Anciens attribuaient le pouvoir de tuer par son seul regard.

JULIETTE

Quel est cet ouragan dont les rafales se heurtent ? Roméo est-il tué et Tybalt est-il mort ? Mon cher cousin, et mon mari plus cher ! Alors, que sonne la trompette terrible du dernier jugement ! Car qui donc est vivant, si ces deux-là ne sont plus ?

LA NOURRICE

Tybalt n'est plus, et Roméo est banni ! Roméo, qui l'a tué, est banni.

JULIETTE

Ô mon Dieu ! Est-ce que la main de Roméo a versé le sang de Tybalt ?

LA NOURRICE

Oui, oui, hélas ! oui.

JULIETTE

Ô cœur reptile caché sous la beauté en fleur ! Jamais dragon occupa-t-il une caverne si splendide ! Gracieux tyran ! démon angélique ! corbeau aux plumes de colombe ! agneau ravisseur de loups !

méprisable substance d'une forme divine ! Juste l'opposé de ce que tu sembles être justement, saint damné, noble misérable ! Ô nature, à quoi réservais-tu l'enfer, quand tu reléguas l'esprit d'un démon dans le paradis mortel d'un corps si exquis ? Jamais livre contenant aussi vile rapsodie[1] fut-il si bien relié ? Oh ! que la perfidie habite un si magnifique palais !

LA NOURRICE

Il n'y a plus à se fier aux hommes ; chez eux ni bonne foi, ni honneur, ce sont tous des parjures, tous des traîtres, tous des vauriens, tous des hypocrites... Ah ! où est mon valet ? Vite, qu'on me donne de l'eau-de-vie ! Ces chagrins, ces malheurs, ces peines me font vieillir. Honte à Roméo !

JULIETTE

Que ta langue se couvre d'ampoules après un pareil souhait ! Il n'est pas né pour la honte, lui. La honte serait honteuse de siéger sur son front ; car c'est un trône où l'honneur devrait être couronné monarque absolu de l'univers. Oh ! quel monstre j'étais de l'outrager ainsi !

---

1. Poésie.

LA NOURRICE

Pouvez-vous dire du bien de celui qui a tué votre cousin ?

JULIETTE

Dois-je dire du mal de celui qui est mon mari ? Ah ! mon pauvre seigneur, quelle est la langue qui caressera ta renommée, quand moi, ton épousée depuis trois heures, je la déchire ? Mais pourquoi, méchant, as-tu tué mon cousin ? C'est que, sans cela, ce méchant cousin aurait tué mon Roméo ! Arrière, larmes folles, retournez à votre source naturelle : il n'appartient qu'à la douleur, ce tribut que par méprise vous offrez à la joie. Mon mari, que Tybalt voulait tuer, est vivant ; et Tybalt, qui voulait tuer mon mari, est mort. Tout cela est heureux : pourquoi donc pleurer ?... Ah ! il y a un mot, plus terrible que la mort de Tybalt, qui m'a assassinée ! je voudrais bien l'oublier, mais, hélas ! il pèse sur ma mémoire comme une faute damnable sur l'âme du pécheur. *Tybalt est mort et Roméo est... banni.* Banni ! ce seul mot *banni* a tué pour moi dix mille Tybalt. Que Tybalt mourût, c'était un malheur suffisant, se fût-il arrêté là. Si même le malheur inexorable ne se plaît qu'en compagnie, s'il a besoin d'être escorté par d'autres catastrophes, pourquoi, après m'avoir dit : *Tybalt est mort,* n'a-t-elle pas ajouté : *Ton père aussi,* ou *ta mère aussi*, ou même *ton père et ta mère aussi ?* Cela m'aurait causé de tolérables angoisses. Mais, à la suite de la mort de Tybalt, faire surgir cette arrière-garde : *Roméo est banni*, prononcer seulement ces mots, c'est tuer, c'est faire mourir à la fois père, mère, Tybalt, Roméo et Juliette ! *Roméo est banni !* Il n'y a ni fin, ni limite, ni mesure, ni borne à ce mot meurtrier ! Il n'y a pas de cri pour rendre cette douleur-là. Mon père et ma mère, où sont-ils, nourrice ?

LA NOURRICE

Ils pleurent et sanglotent sur le corps de Tybalt. Voulez-vous aller près d'eux ? Je vous y conduirai.

JULIETTE

Ils lavent ses blessures de leurs larmes ! Les miennes, je les réserve, quand les leurs seront séchées, pour le bannissement de Roméo. Ramasse ces cordes... Pauvre échelle, te voilà déçue comme moi, car Roméo est exilé : il avait fait de toi un chemin jusqu'à mon lit ; mais, restée vierge, il faut que je meure dans un virginal veuvage. À moi, cordes ! à moi, nourrice ! je vais au lit nuptial, et au lieu de Roméo, c'est le sépulcre qui prendra ma virginité.

LA NOURRICE

Courez à votre chambre ; je vais trouver Roméo pour qu'il vous console... Je sais bien où il est... Entendez-vous, votre Roméo sera ici cette nuit ; je vais à lui ; il est caché dans la cellule de Laurent.

JULIETTE, *détachant une bague de son doigt*

Oh ! trouve-le ! Remets cet anneau à mon fidèle chevalier, et dis-lui de venir me faire ses derniers adieux.

SCÈNE III

La cellule de frère Laurent.
Entrent frère Laurent, puis Roméo. Le jour baisse.

LAURENT

Viens, Roméo ; viens, homme sinistre ; l'affliction s'est enamourée[1] de ta personne, et tu es fiancé à la calamité.

---

1. La douleur s'est éprise de ta personne.

ROMÉO

Quoi de nouveau, mon père ? Quel est l'arrêt du prince ? Quel est le malheur inconnu qui sollicite accès près de moi ?

LAURENT

Tu n'es que trop familier avec cette triste société, mon cher fils. Je viens t'apprendre l'arrêt du prince.

ROMÉO

Quel arrêt, plus doux qu'un arrêt de mort, a-t-il pu prononcer ?

LAURENT

Un jugement moins rigoureux a échappé à ses lèvres : il a décidé, non la mort, mais le bannissement du corps.

ROMÉO

Ah ! le bannissement ! Par pitié, dis la mort ! L'exil a l'aspect plus terrible, bien plus terrible que la mort. Ne dis pas le bannissement !

LAURENT

Tu es désormais banni de Vérone. Prends courage ; le monde est grand et vaste.

ROMÉO

Hors des murs de Vérone, le monde n'existe pas ; il n'y a que purgatoire, torture, enfer, même. Être banni d'ici, c'est être banni du monde, et cet exil-là, c'est la mort. Donc le bannissement, c'est la mort sous un faux nom. En appelant la mort bannissement, tu me tranches la tête avec une hache d'or, et tu souris au coup qui me tue !

LAURENT

Ô péché mortel ! Ô grossière ingratitude ! Selon notre loi, ta faute, c'était la mort ; mais le bon prince, prenant ton parti, a tordu la loi, et à ce mot sombre, la mort, a substitué le bannissement. C'est une grâce insigne[1], et tu ne le vois pas.

ROMÉO

C'est une torture, et non une grâce ! Le ciel est

1. C'est une clémence remarquable.

là où vit Juliette : un chat, un chien, une petite souris, l'être le plus immonde, vivent dans le paradis et peuvent la contempler, mais Roméo ne le peut pas. La mouche du charnier[1] est plus privilégiée, plus comblée d'honneur, plus favorisée que Roméo ; elle peut saisir les blanches merveilles de la chère main de Juliette, et dérober une immortelle béatitude sur ces lèvres qui, dans leur pure et vestale modestie, rougissent sans cesse, comme d'un péché, du baiser qu'elles se donnent ! Mais Roméo ne le peut pas, il est exilé. Ce bonheur que la mouche peut avoir, je dois le fuir, moi ; elle est libre, mais je suis banni. Et tu dis que l'exil n'est pas la mort ! Tu n'avais donc pas un poison subtil, un couteau bien affilé, un instrument quelconque de mort subite, tu n'avais donc, pour me tuer, que ce mot : *Banni !... banni !* Ce mot-là, mon père, les damnés de l'enfer l'emploient et le prononcent dans des hurlements ! Comment as-tu le cœur, toi, prêtre, toi, confesseur spirituel, toi qui remets les péchés et t'avoues mon ami, de me broyer avec ce mot : *bannissement* ?

LAURENT

Fou d'amour, laisse-moi te dire une parole.

1. Endroit où l'on conserve les viandes salées.

ROMÉO

Oh ! tu vas encore me parler de bannissement.

LAURENT

Je vais te donner une armure à l'épreuve de ce mot. La philosophie, ce doux lait de l'adversité, te soutiendra dans ton bannissement.

ROMÉO

Encore le bannissement !... Au gibet[1] la philosophie ! Si la philosophie ne peut pas faire une Juliette, déplacer une ville, renverser l'arrêt d'un prince, elle ne sert à rien, elle n'est bonne à rien, ne m'en parle plus !

LAURENT

Oh ! je le vois bien, les fous n'ont pas d'oreilles !

ROMÉO

Comment en auraient-ils, quand les sages n'ont pas d'yeux ?

---

1. À mort (le gibet est la potence où l'on exécutait les condamnés à la pendaison).

LAURENT

Laisse-moi discuter avec toi sur ta situation.

ROMÉO

Tu ne peux pas parler de ce que tu ne sens pas. Si tu étais jeune comme moi et que Juliette fût ta bien-aimée, si, marié depuis une heure, tu avais tué Tybalt, si tu étais éperdu comme moi et comme moi banni, alors tu pourrais parler, alors tu pourrais t'arracher les cheveux, et te jeter contre terre, comme je fais en ce moment, pour y prendre d'avance la mesure d'une tombe ! (*Il s'affaisse à terre. On frappe* à *la porte*.)

LAURENT

Lève-toi, on frappe... Bon Roméo, cache-toi.

ROMÉO

Je ne me cacherai pas ; à moins que mes douloureux soupirs ne fassent autour de moi un nuage qui me dérobe aux regards ! (*On frappe encore*.)

LAURENT

Entends-tu comme on frappe ?... Qui est là ?...

Roméo, lève-toi, tu vas être pris... Attendez un moment... Debout ! Cours à mon laboratoire !... (*On frappe.*) Tout à l'heure !... Mon Dieu, quelle démence !... (*On frappe.*) J'y vais, j'y vais ! (*Allant à la porte.*) Qui donc frappe si fort ? D'où venez-vous ? que voulez-vous ?

LA NOURRICE, *du dehors*

Laissez-moi entrer, et vous connaîtrez mon message. Je viens de la part de madame Juliette.

LAURENT, *ouvrant*

Soyez la bienvenue, alors.

Entre la nourrice.

LA NOURRICE

Ô saint moine, oh ! dites-moi, saint moine, où est le seigneur de madame, où est Roméo ?

LAURENT

Là, par terre, ivre de ses propres larmes.

LA NOURRICE

Oh ! dans le même état que ma maîtresse, juste dans le même état.

LAURENT

Ô triste sympathie ! lamentable situation !

LA NOURRICE

C'est ainsi qu'elle est affaissée, sanglotant et pleurant, pleurant et sanglotant !... (*Se penchant sur Roméo.*) Debout, debout. Levez-vous, si vous êtes un homme. Au nom de Juliette, au nom de Juliette, levez-vous, debout ! Pourquoi tomber dans un si profond désespoir ?

ROMÉO, *se redressant comme en sursaut*

La nourrice !

LA NOURRICE

Ah ! monsieur ! ah ! monsieur !... Voyons, la mort est au bout de tout.

ROMÉO

Tu as parlé de Juliette ! en quel état est-elle ? Est-ce qu'elle ne me regarde pas comme un assassin endurci, maintenant que j'ai souillé l'enfance de notre bonheur d'un sang si proche du sien ? Où est-elle ? et comment est-elle ? Que dit ma mystérieuse compagne de notre amoureuse misère ?

LA NOURRICE

Oh ! elle ne dit rien, monsieur ; mais elle pleure, elle pleure ; et alors elle se jette sur son lit, et puis elle se redresse, et appelle Tybalt ; et puis elle crie : Roméo ! et puis elle retombe.

ROMÉO

Il semble que ce nom, lancé par quelque fusil meurtrier, l'assassine, comme la main maudite qui répond à ce nom a assassiné son cousin !... Oh ! dis-moi, prêtre, dis-moi dans quelle vile partie de ce squelette est logé mon nom ; dis-le-moi, pour que je mette à sac ce hideux repaire ! (*Il tire son poignard comme pour s'en frapper, la nourrice le lui arrache.*)

LAURENT

Retiens ta main désespérée ! Es-tu un homme ? ta

forme crie que tu en es un ; mais tes larmes sont d'une femme, et ta sauvage action dénonce la furie déraisonnable d'une bête brute. Ô femme disgracieuse qu'on croirait un homme, bête monstrueuse qu'on croirait homme et femme, tu m'as étonné !... Par notre saint ordre, je croyais ton caractère mieux trempé. Tu as tué Tybalt et tu veux te tuer ! tu veux tuer la femme qui ne respire que par toi, en assouvissant sur toi-même une haine damnée ! Pourquoi insultes-tu à la vie, au ciel et à la terre ? La vie, le ciel et la terre se sont tous trois réunis pour ton existence ; et tu veux renoncer à tous trois ! Fi ! fi ! tu fais honte à ta beauté, à ton amour, à ton esprit. Usurier[1], tu regorges de tous les biens, et tu ne les emploies pas à ce légitime usage qui ferait honneur à ta beauté, à ton amour, à ton esprit. Ta noble beauté n'est qu'une image de cire, dépourvue d'énergie virile ; ton amour, ce tendre engagement, n'est qu'un misérable parjure, qui tue celle que tu avais fait vœu de chérir ; ton esprit, cet ornement de la beauté et de l'amour, n'en est chez toi que le guide égaré : comme la poudre dans la calebasse[2] d'un soldat maladroit, il prend feu par ta propre ignorance et te mutile au lieu de te défendre. Allons, relève-toi, l'homme ! Elle vit, ta Juliette, cette chère Juliette pour qui tu mourais

1. Personne qui prête de l'argent à un taux d'intérêt excessif.
2. Fruit qui, vidé et séché, pouvait servir de poire à poudre.

tout à l'heure : n'es-tu pas heureux ? Tybalt voulait t'égorger, mais tu as tué Tybalt : n'es-tu pas heureux encore ? La loi qui te menaçait de la mort devient ton amie et change la sentence en exil : n'es-tu pas heureux toujours ? Les bénédictions pleuvent sur ta tête, la fortune te courtise sous ses plus beaux atours ; mais toi, maussade comme une fille mal élevée, tu fais la moue au bonheur et à l'amour. Prends garde, prends garde, c'est ainsi qu'on meurt misérable. Allons, rends-toi près de ta bien-aimée, comme il a été convenu : monte dans sa chambre et va la consoler ; mais surtout quitte-la avant la fin de la nuit, car alors tu ne pourrais plus gagner Mantoue ; et c'est là que tu dois vivre jusqu'à ce que nous trouvions le moment favorable pour proclamer ton mariage, réconcilier vos familles, obtenir le pardon du prince et te rappeler ici. Tu reviendras alors plus heureux un million de fois que tu n'auras été désolé au départ... Va en avant, nourrice, recommande-moi à ta maîtresse, et dis-lui de faire coucher son monde de bonne heure ; le chagrin dont tous sont accablés les disposera vite au repos... Roméo te suit.

LA NOURRICE

Vrai Dieu ! je pourrais rester ici toute la nuit à écouter vos bons conseils. Oh ! ce que c'est que la science ! (*À Roméo.*) Mon seigneur, je vais annoncer à madame que vous allez venir.

ROMÉO

Va, et dis à ma bien-aimée de s'apprêter à me gronder.

LA NOURRICE, *lui remettant une bague*

Voici, monsieur, un anneau qu'elle m'a dit de vous donner. Monsieur, accourez vite, dépêchez-vous, car il se fait tard. *(La nourrice sort.)*

ROMÉO, *mettant la bague*

Comme ceci ranime mon courage !

LAURENT

Partez. Bonne nuit. Mais faites-y attention, tout votre sort en dépend, quittez Vérone avant la fin de la nuit, ou éloignez-vous à la pointe du jour sous un déguisement. Restez à Mantoue ; votre valet, que je saurai trouver, vous instruira de temps à autre des incidents heureux pour vous qui surviendront ici... Donne-moi ta main ; il est tard : adieu ; bonne nuit.

ROMÉO

Si une joie au-dessus de toute joie ne m'appelait ailleurs, j'aurais un vif chagrin à me séparer de toi si vite. Adieu. (*Ils sortent.*)

SCÈNE IV

Dans la maison de Capulet.
Entrent Capulet, Lady Capulet et Pâris.

CAPULET

Les choses ont tourné si malheureusement, messire, que nous n'avons pas eu le temps de disposer notre fille. C'est que, voyez-vous, elle aimait chèrement son cousin Tybalt, et moi aussi... Mais quoi ! nous sommes nés pour mourir. Il est très tard ; elle ne descendra pas ce soir. Je vous promets que, sans votre compagnie, je serais au lit depuis une heure.

PÂRIS

Quand la mort parle, ce n'est pas pour l'amour le moment de parler. Madame, bonne nuit : présentez mes hommages à votre fille.

LADY CAPULET

Oui, messire, et demain de bonne heure je connaîtrai sa pensée. Ce soir elle est cloîtrée dans sa douleur.

CAPULET

Sire Pâris, je puis hardiment vous offrir l'amour de ma fille ; je pense qu'elle se laissera diriger par moi en toutes choses ; bien plus, je n'en doute pas... Femme, allez la voir avant d'aller au lit ; apprenez-lui l'amour de mon fils[1] Pâris, et dites-lui, écoutez bien, que mercredi prochain... Mais doucement ! quel jour est-ce ?

PÂRIS

Lundi, monseigneur.

CAPULET

Lundi ? hé ! hé ! alors, mercredi est trop tôt. Ce sera pour jeudi... dites-lui que jeudi elle sera mariée à ce noble comte... Serez-vous prêt ? Cette hâte vous convient-elle ? Nous ne ferons pas grand fracas ! un

1. Capulet appelle ainsi celui qui sera en fait son gendre.

ami ou deux ! Car, voyez-vous, le meurtre de Tybalt étant si récent, on pourrait croire que nous nous soucions fort peu de notre parent, si nous faisions de grandes réjouissances. Conséquemment, nous aurons une demi-douzaine d'amis, et ce sera tout. Mais que dites-vous de jeudi ?

PÂRIS

Monseigneur, je voudrais que jeudi fût demain.

CAPULET

Bon ; vous pouvez partir.. Ce sera pour jeudi, alors. Vous, femme, allez voir Juliette avant d'aller au lit, et préparez-la pour la noce... Adieu, messire... De la lumière dans ma chambre, holà ! Ma foi, il est déjà si tard qu'avant peu il sera de bonne heure... Bonne nuit. (*Ils sortent.*)

SCÈNE V

La chambre à coucher de Juliette.
Entrent Roméo et Juliette.

JULIETTE

Veux-tu donc partir ? le jour n'est pas proche encore : c'était le rossignol et non l'alouette dont la voix perçait ton oreille craintive. Toutes les nuits il chante sur le grenadier, là-bas. Crois-moi, amour, c'était le rossignol.

ROMÉO

C'était l'alouette, la messagère du matin, et non le rossignol. Regarde, amour, ces lueurs jalouses qui dentellent le bord des nuages à l'orient ! Les flambeaux de la nuit sont éteints, et le jour joyeux se dresse sur la pointe du pied au sommet brumeux de la montagne. Je dois partir et vivre, ou rester et mourir.

JULIETTE

Cette clarté là-bas n'est pas la clarté du jour, je le sais bien, moi ; c'est quelque météore que le soleil exhale pour te servir de torche cette nuit et éclairer ta marche vers Mantoue. Reste donc, tu n'as pas besoin de partir encore.

ROMÉO

Soit ! qu'on me prenne, qu'on me mette à mort ; je suis content, si tu le veux ainsi. Non, cette lueur grise n'est pas le regard du matin, elle n'est que le pâle reflet du front de Cynthia[1] ; et ce n'est pas l'alouette qui frappe de notes si hautes la voûte du ciel au-dessus de nos têtes. J'ai plus le désir de rester que la volonté de partir. Vienne la mort, et elle sera bien venue !... Ainsi le veut Juliette... Comment êtes-vous, mon âme ? Causons, il n'est pas jour.

JULIETTE

C'est le jour, c'est le jour ! Fuis vite, va-t'en, pars : c'est l'alouette qui détonne ainsi, et qui lance ces notes rauques, ces strettes[2] déplaisantes. On dit que l'alouette prolonge si doucement les accords ; cela n'est pas, car elle rompt le nôtre. On dit que l'alouette et le hideux crapaud ont changé d'yeux : oh ! que n'ont-ils aussi changé de voix, puisque cette voix nous arrache effarés l'un à l'autre et te

1. Nom poétique de la lune.
2. Ces aigus aigres et discordants (terme musical).

chasse d'ici par son clairon matinal ! Oh ! maintenant pars. Le jour est de plus en plus clair.

ROMÉO

De plus en plus clair ?... De plus en plus sombre est notre malheur.

Entre la nourrice.

LA NOURRICE

Madame !

JULIETTE

Nourrice !

LA NOURRICE

Madame votre mère va venir dans votre chambre. Le jour paraît ; soyez prudente, faites attention. (*La nourrice sort.*)

JULIETTE

Allons, fenêtre, laissez entrer le jour et sortir ma vie.

ROMÉO

Adieu, adieu ! un baiser, et je descends. (*Ils s'embrassent. Roméo descend.*)

JULIETTE, *se penchant sur le balcon*

Te voilà donc parti ? amour, seigneur, époux, ami ! Il me faudra de tes nouvelles à chaque heure du jour, car il y a tant de jours dans une minute ! Oh ! à ce compte-là, je serai bien vieille, quand je reverrai mon Roméo.

ROMÉO

Adieu ! je ne perdrai pas une occasion, mon amour, de t'envoyer un souvenir.

JULIETTE

Oh ! crois-tu que nous nous rejoindrons jamais ?

ROMÉO

Je n'en doute pas ; et toutes ces douleurs feront le doux entretien de nos moments à venir.

JULIETTE

Ô Dieu ! j'ai dans l'âme un présage fatal. Maintenant que tu es en bas, tu m'apparais comme un mort au fond d'une tombe. Ou mes yeux me trompent, ou tu es bien pâle.

ROMÉO

Crois-moi, amour, tu me sembles bien pâle aussi. L'angoisse aride boit notre sang. Adieu ! adieu ! (*Roméo sort.*)

JULIETTE

Ô fortune ! fortune ! tout le monde te dit capricieuse ! Si tu es capricieuse, qu'as-tu à faire avec un homme d'aussi illustre constance ? Fortune, sois capricieuse, car alors tu ne le retiendras pas longtemps, j'espère, et tu me le renverras.

LADY CAPULET, *du dehors*

Holà ! ma fille ! êtes-vous levée ?

JULIETTE

Qui m'appelle ? est-ce madame ma mère ? Se

serait-elle couchée si tard ou levée si tôt ? Quel étrange motif l'amène ?

Entre lady Capulet.

LADY CAPULET

Eh bien, comment êtes-vous, Juliette ?

JULIETTE

Je ne suis pas bien, madame.

LADY CAPULET

Toujours à pleurer la mort de votre cousin ?... Prétends-tu donc le laver de la poussière funèbre avec tes larmes ? Quand tu y parviendrais, tu ne pourrais pas le faire revivre. Cesse donc : un chagrin raisonnable prouve l'affection ; mais un chagrin excessif prouve toujours un manque de sagesse.

JULIETTE

Laissez-moi pleurer encore une perte aussi sensible.

LADY CAPULET

Vous ne sentirez que plus vivement cette perte,

sans sentir plus près de vous l'ami que vous pleurez.

JULIETTE

Je sens si vivement la perte de cet ami que je ne puis m'empêcher de le pleurer toujours.

LADY CAPULET

Va, ma fille, ce qui te fait pleurer, c'est moins de le savoir mort que de savoir vivant l'infâme qui l'a tué.

JULIETTE

Quel infâme, madame ?

LADY CAPULET

Eh bien ! cet infâme Roméo !

JULIETTE

Entre un infâme et lui il y a bien des milles[1] de distance. Que Dieu lui pardonne ! Moi, je lui pardonne de tout mon cœur ; et pourtant nul homme ne navre mon cœur autant que lui.

---

1. Ancienne unité de mesure de distance.

LADY CAPULET

Parce qu'il vit, le traître !

JULIETTE

Oui, madame, et trop loin de mes bras. Que ne suis-je chargée de venger mon cousin !

LADY CAPULET

Nous obtiendrons vengeance, sois-en sûre. Ainsi ne pleure plus. Je ferai prévenir quelqu'un à Mantoue, où vit maintenant ce vagabond banni : on lui donnera une potion insolite qui l'enverra vite tenir compagnie à Tybalt, et alors j'espère que tu seras satisfaite.

JULIETTE

Je ne serai vraiment satisfaite que quand je verrai Roméo... supplicié, torturé est mon pauvre cœur, depuis qu'un tel parent m'est enlevé. Madame, trouvez seulement un homme pour porter le poison ; moi, je le préparerai, et si bien qu'après l'avoir pris, Roméo dormira vite en paix. Oh ! quelle horrible souffrance pour mon cœur de l'entendre nommer, sans pouvoir aller jusqu'à lui, pour assouvir l'amour que je portais à mon cousin sur le corps de son meurtrier !

LADY CAPULET

Trouve les moyens, toi ; moi, je trouverai l'homme. Maintenant, fille, j'ai à te dire de joyeuses nouvelles.

JULIETTE

La joie est la bienvenue quand elle est si nécessaire : quelles sont ces nouvelles ? je vous en supplie, dites-les-moi.

LADY CAPULET

Va, va, mon enfant, tu as un excellent père : pour te tirer de ton accablement, il a improvisé une journée de fête à laquelle tu ne t'attends pas et que je n'espérais guère.

JULIETTE

Quel sera cet heureux jour, madame ?

LADY CAPULET

Eh bien, mon enfant, jeudi prochain, de bon matin, un galant, jeune et noble gentilhomme, le comte Pâris, te mènera à l'église Saint-Pierre et aura le bonheur de faire de toi sa joyeuse épouse.

JULIETTE

Ah ! par l'église de Saint-Pierre et par saint Pierre lui-même, il ne fera pas de moi sa joyeuse épouse. Je m'étonne de tant de hâte : ordonner ma noce, avant que celui qui doit être mon mari m'ait fait sa cour ! Je vous en prie, madame, dites à mon seigneur et père que je ne veux pas me marier encore. Si jamais je me marie, je le jure, ce sera plutôt à ce Roméo que vous savez haï de moi, qu'au comte Pâris. Voilà des nouvelles en vérité.

LADY CAPULET

Voici votre père qui vient ; faites-lui vous-même votre réponse, et nous verrons comment il la prendra.

Entrent Capulet et la nourrice.

CAPULET, *regardant Juliette qui sanglote*

Quand le soleil disparaît, la terre distille la rosée, mais, après la disparition du radieux fils de mon frère, il pleut tout de bon. Eh bien ! es-tu devenue gouttière, fillette ? Quoi, toujours des larmes ! toujours des averses ! Dans ta petite personne tu figures à la fois la barque, la mer et le vent : tes yeux, que je puis comparer à la mer, ont sans cesse un flux et un reflux de larmes ; ton corps est la barque qui flotte au gré de cette onde salée, et tes soupirs sont les vents qui, luttant de furie avec tes larmes, finiront, si un calme subit ne survient, par faire sombrer ton corps dans la tempête... Eh bien, femme, lui avez-vous signifié notre décision ?

LADY CAPULET

Oui, messire ; mais elle refuse ; elle vous remercie. La folle ! je voudrais qu'elle fût mariée à son linceul[1] !...

CAPULET

Doucement, je n'y suis pas, je n'y suis pas, ma femme. Comment ! elle refuse ! elle nous remercie et elle n'est pas fière, elle ne s'estime pas bien heureuse, tout indigne qu'elle est, d'avoir, par notre entremise, obtenu pour mari un si digne gentilhomme !

JULIETTE

Je ne suis pas fière, mais reconnaissante ; fière, je ne puis l'être de ce que je hais comme un mal. Mais

1. Tombeau.

je suis reconnaissante du mal même qui m'est fait par amour.

CAPULET

Eh bien, eh bien, raisonneuse, qu'est-ce que cela signifie ? Je vous remercie et je ne vous remercie pas... Je suis fière et je ne suis pas fière !... Mignonne donzelle, dispensez-moi de vos remerciements et de vos fiertés, et préparez vos fines jambes pour vous rendre jeudi prochain à l'église Saint-Pierre en compagnie de Pâris ; ou je t'y traînerai sur une claie[1], moi ! Ah ! livide carogne[2] ! ah ! saleté ! Ah ! face de suif !

LADY CAPULET

Fi, fi ! perdez-vous le sens ?

JULIETTE, *s'agenouillant*

Cher père, je vous en supplie à genoux, ayez la patience de m'écouter ! rien qu'un mot !

CAPULET

Au diable petite saleté ! misérable révoltée ! Tu

1. Treillage en bois sur lequel on emmenait un condamné au supplice.
2. Charogne toute pâle.

m'entends, rends-toi à l'église jeudi, ou évite de me rencontrer jamais face à face : ne parle pas, ne réplique pas, ne me réponds pas ; mes doigts me démangent.. Ma femme, nous croyions notre union pauvrement bénie, parce que Dieu ne nous avait prêté que cette unique enfant ; mais, je le vois maintenant, cette enfant unique était déjà de trop, et nous avons été maudits en l'ayant. Arrière, éhontée ! !

LA NOURRICE

Que le Dieu du ciel la bénisse ! Vous avez tort, monseigneur, de la traiter ainsi.

CAPULET

Et pourquoi donc, dame Sagesse ?... Retenez votre langue, maîtresse Prudence, et allez bavarder avec vos commères.

LA NOURRICE

Ce que je dis n'est pas un crime.

CAPULET

Au nom du ciel, bonsoir !

LA NOURRICE

Peut-on pas dire un mot ?

CAPULET

Paix, stupide radoteuse ! Allez émettre vos sentences en buvant un bol chez une commère, car ici nous n'en avons pas besoin.

LADY CAPULET

Vous êtes trop brusque.

CAPULET

Jour de Dieu ! j'en deviendrai fou. Le jour, la nuit, à toute heure, à toute minute, à tout moment, que je fusse occupé ou non, seul ou en compagnie, mon unique souci a été de la marier ; enfin je trouve un gentilhomme de noble lignée, ayant de beaux domaines, jeune, d'une noble éducation, pétri, comme on dit, d'honorables qualités, un homme aussi accompli qu'un cœur peut le souhaiter, et il faut qu'une petite sotte pleurnicheuse, une poupée gémissante, quand on lui offre sa fortune, réponde : *Je ne veux pas* me *marier, je ne puis aimer, je suis trop jeune, je vous prie de me pardonner !* Ah ! si vous ne vous mariez pas, vous verrez comme je vous pardonne ; allez paître où vous voudrez, vous ne logerez plus avec moi. Faites-y attention, songez-y, je n'ai pas coutume de plaisanter. Jeudi approche ; mettez la main sur votre cœur, et réfléchissez. Si vous êtes ma fille, je vous donnerai à mon ami ; si tu ne l'es plus, va au diable, mendie, meurs de faim dans les rues. Car, sur mon âme, jamais je ne te reconnaîtrai, et jamais rien de ce qui est à moi ne sera ton bien. Compte là-dessus, réfléchis, je tiendrai parole. (*Il sort.*)

JULIETTE

N'y a-t-il pas de pitié, planant dans les nuages, qui voie au fond de ma douleur ? Ô ma mère bien-aimée, ne me rejetez pas, ajournez ce mariage d'un mois, d'une semaine ! Sinon, dressez le lit nuptial dans le sombre monument où Tybalt repose !

LADY CAPULET

Ne me parle plus, car je n'ai rien à te dire ; fais ce que tu voudras, car entre toi et moi tout est fini. (*Elle sort.*)

JULIETTE

Ô mon Dieu !... Nourrice, comment empêcher cela ? Mon mari est encore sur la terre, et ma foi est au ciel ; comment donc ma foi peut-elle redescendre ici-bas, tant que mon mari ne l'aura pas renvoyée du ciel en quittant la terre ?... Console-moi, conseille-moi ! Hélas ! hélas ! se peut-il que le ciel tende de pareils pièges à une créature aussi frêle que moi ! Que dis-tu ? n'as-tu pas un mot qui me soulage ? Console-moi, nourrice.

LA NOURRICE

Ma foi, écoutez : Roméo est banni ; je parie le monde entier contre rien qu'il n'osera jamais venir vous réclamer ; s'il le fait, il faudra que ce soit à la dérobée. Donc, puisque tel est le cas, mon avis, c'est que vous épousiez le comte. Oh ! c'est un si aimable gentilhomme ! Roméo n'est qu'un torchon près de lui !... Un aigle, madame, n'a pas l'œil aussi vert, aussi vif, aussi brillant que Pâris. Maudit soit mon cœur, si je ne vous trouve pas bien heureuse de ce second mariage ! il vaut mieux que votre premier. Au surplus, votre premier est mort, ou autant vaudrait qu'il le fût, que de vivre sans vous être bon à rien.

JULIETTE

Parles-tu du fond du cœur ?

LA NOURRICE

Et du fond de mon âme ; sinon, malédiction à tous deux !

JULIETTE

Amen !

LA NOURRICE

Quoi ?

JULIETTE

Ah ! tu m'as merveilleusement consolée. Va dire à madame qu'ayant déplu à mon père, je suis allée à la cellule de Laurent, pour me confesser et recevoir l'absolution.

LA NOURRICE

Oui, certes, j'y vais. Vous faites sagement. (*Elle sort.*)

JULIETTE, *regardant s'éloigner la nourrice*

Ô vieille damnée ! abominable démon ! Je ne sais quel est ton plus grand crime, ou de souhaiter que je me parjure, ou de ravaler mon seigneur de cette même bouche qui l'a exalté au-dessus de toute comparaison tant de milliers de fois... Va-t'en, conseillère ; entre toi et mon cœur il y a désormais rupture. Je vais trouver le religieux pour lui demander un remède ; à défaut de tout autre, j'ai la ressource de mourir. (*Elle sort.*)

ACTE IV

SCÈNE PREMIÈRE

La cellule de frère Laurent. Entrent Laurent et Pâris.

LAURENT

Jeudi, seigneur ! le terme est bien court.

PÂRIS

Mon père Capulet le veut ainsi, et je ne retarderai son empressement par aucun obstacle.

LAURENT

Vous ignorez encore, dites-vous, les sentiments de la dame. Voilà une marche peu régulière, et qui ne me plaît pas.

PÂRIS

Elle ne cesse de pleurer la mort de Tybalt, et c'est pourquoi je lui ai peu parlé d'amour ; car Vénus ne sourit guère dans une maison de larmes. Or, son père voit un danger à ce qu'elle se laisse ainsi dominer par la douleur ; et, dans sa sagesse, il hâte notre mariage pour arrêter cette inondation de larmes. Le chagrin qui l'absorbe dans la solitude pourra se dissiper dans la société. Maintenant vous connaissez les raisons de cet empressement.

LAURENT, *à part*

Hélas ! je connais trop celles qui devraient le ralentir ! (*Haut.*) Justement, messire, voici la dame qui vient à ma cellule.

Entre Juliette.

PÂRIS

Heureux de vous rencontrer, ma dame et ma femme !

JULIETTE

Votre femme ! Je pourrai l'être quand je pourrai être mariée.

PÂRIS

Vous pouvez et vous devez l'être, amour, jeudi prochain.

JULIETTE

Ce qui doit être sera.

LAURENT

Voilà une vérité certaine.

PÂRIS, *à Juliette*

Venez-vous faire votre confession à ce bon père ?

JULIETTE

Répondre à cela, ce serait me confesser à vous.

PÂRIS

Ne lui cachez pas que vous m'aimez.

JULIETTE

Je vous confesse que je l'aime.

PÂRIS

Comme vous confesserez, j'en suis sûr, que vous m'aimez.

JULIETTE

Si je fais cet aveu, il aura plus de prix en arrière de vous qu'en votre présence.

PÂRIS

Pauvre âme, les larmes ont bien altéré ton visage.

JULIETTE

Elles ont remporté là une faible victoire : il n'avait pas grand charme avant leurs ravages.

PÂRIS

Ces paroles-là lui font plus d'injure que tes larmes.

JULIETTE

Ce n'est pas une calomnie, monsieur, c'est une vérité ; et cette vérité, je la dis à ma face.

PÂRIS

Ta beauté est à moi et tu la calomnies.

JULIETTE

Il se peut, car elle ne m'appartient pas... Êtes-vous de loisir, saint père, en ce moment, ou reviendrai-je ce soir après vêpres[1] ?

LAURENT

J'ai tout mon loisir, pensive enfant... Mon seigneur, nous aurions besoin d'être seuls.

PÂRIS

Dieu me préserve de troubler la dévotion ! Juliette, jeudi, de bon matin, j'irai vous réveiller. Jusque-là, adieu, et recueillez ce pieux baiser. (*Il l'embrasse et sort.*)

JULIETTE

Oh ! ferme la porte, et, cela fait, viens pleurer avec moi : plus d'espoir, plus de ressource, plus de remède.

1. La messe du soir.

LAURENT

Ah ! Juliette, je connais déjà ton chagrin, et j'ai l'esprit tendu par une anxiété inexprimable. Je sais que jeudi prochain, sans délai possible, tu dois être mariée au comte.

JULIETTE

Ne me dis pas que tu sais cela, frère, sans me dire aussi comment je puis l'empêcher. Si dans ta sagesse tu ne trouves pas de remède, déclare seulement que ma résolution est sage, et sur-le-champ je remédie à tout avec ce couteau. (*Elle montre un poignard.*) Dieu a joint mon cœur à celui de Roméo ; toi, tu as joint nos mains ; et, avant que cette main, engagée par toi à Roméo, scelle un autre contrat, avant que mon cœur loyal, devenu perfide et traître, se donne à un autre, ceci aura eu raison de tous deux. Donc, en vertu de ta longue expérience, donne-moi vite un conseil ; sinon, regarde ! entre ma détresse et moi je prends ce couteau sanglant pour médiateur : c'est lui qui arbitrera le litige que l'autorité de ton âge et de ta science n'aura pas su terminer à mon honneur. Réponds-moi sans retard ; il me tarde de mourir si ta réponse ne m'indique pas de remède !

LAURENT

Arrête, ma fille ; j'entrevois une espérance possible, mais le moyen nécessaire à son accomplissement est aussi désespéré que le mal que nous voulons empêcher. Si, plutôt que d'épouser le comte Pâris, tu as l'énergie de vouloir te tuer, il est probable que tu oseras affronter l'image de la mort pour repousser le déshonneur, toi qui, pour y échapper, veux provoquer la mort elle-même. Eh bien, si tu as ce courage, je te donnerai un remède.

JULIETTE

Oh ! plutôt que d'épouser Pâris, dis-moi de m'élancer des créneaux de cette tour là-bas, ou d'errer sur le chemin des bandits ; dis-moi de me glisser où rampent des serpents ; enchaîne-moi avec des ours rugissants ; enferme-moi, la nuit, dans un charnier, sous un monceau d'os de morts qui s'entrechoquent, de moignons fétides et de crânes jaunes et décharnés ; dis-moi d'aller, dans une fosse fraîche remuée, m'enfouir sous le linceul avec un mort ; ordonne-moi des choses dont le seul récit me faisait trembler, et je les ferai sans crainte, sans hésitation, pour rester l'épouse sans tache de mon doux bienaimé.

LAURENT

Écoute alors : rentre à la maison, aie l'air gai et dis que tu consens à épouser Pâris. C'est demain mercredi. Demain soir, fais en sorte de coucher seule ; que ta nourrice ne couche pas dans ta chambre ; une fois au lit, prends cette fiole et avale la liqueur qui y est distillée. Aussitôt dans toutes tes veines se répandra une froide et léthargique humeur : le pouls suspendra son mouvement naturel et cessera de battre ; ni chaleur, ni souffle n'attesteront que tu vis. Les roses de tes lèvres et de tes joues seront flétries et ternes comme la cendre ; les fenêtres de tes yeux seront closes, comme si la mort les avait fermées au jour de la vie. Chaque partie de ton être, privée de souplesse et d'action, sera roide, inflexible et froide comme la mort. Dans cet état apparent de cadavre tu resteras juste quarante-deux heures, et alors tu t'éveilleras comme d'un doux sommeil. Le matin, quand le fiancé arrivera pour hâter ton lever, il te trouvera morte dans ton lit. Alors, selon l'usage de notre pays, vêtue de ta plus belle parure, et placée dans un cercueil découvert, tu seras transportée à l'ancien caveau où repose toute la famille des Capulets. Cependant, avant que tu sois éveillée, Roméo, instruit de notre plan par mes lettres, arrivera ; lui et moi nous épierons ton réveil, et cette nuit-là même Roméo t'emmènera à Mantoue. Et ainsi tu seras sauvée d'un déshonneur imminent, si nul caprice futile, nulle frayeur féminine n'abat ton courage au moment de l'exécution.

JULIETTE

Donne ! Eh ! donne ! ne me parle pas de frayeur.

LAURENT, *lui remettant la fiole*

Tiens, pars ! Sois forte et sois heureuse dans ta résolution. Je vais dépêcher un religieux à Mantoue avec un message pour ton mari.

JULIETTE

Amour, donne-moi ta force, et cette force me sauvera. Adieu, mon père ! (*Ils se séparent.*)

SCÈNE II

Dans la maison de Capulet.
Entrent Capulet, lady Capulet,
la nourrice et des valets.

CAPULET, *remettant un papier au premier valet*

Tu inviteras toutes les personnes dont les noms sont écrits ici. (*Le valet sort.*) (*Au second valet.*) Maraud, va me louer vingt cuisiniers habiles.

DEUXIÈME VALET

Vous n'en aurez que de bons, monsieur, car je m'assurerai d'abord s'ils se lèchent les doigts.

CAPULET

Et comment t'assureras-tu par là de leur savoir-faire ?

DEUXIÈME VALET

Pardine, monsieur, c'est un mauvais cuisinier que celui qui ne se lèche pas les doigts : ainsi ceux qui ne se lècheront pas les doigts, je ne les prendrai pas.

CAPULET

Bon, va-t'en. (*Le valet sort.*) Nous allons être pris au dépourvu cette fois. Eh bien, est-ce que ma fille est allée chez frère Laurent ?

LA NOURRICE

Oui, ma foi.

CAPULET

Allons, il aura peut-être une bonne influence sur elle. La friponne est si maussade, si opiniâtre.

Entre Juliette.

LA NOURRICE

Voyez donc avec quelle mine joyeuse elle revient de confesse.

CAPULET

Eh bien, mon entêtée, où avez-vous été comme ça ?

JULIETTE

Chez quelqu'un qui m'a appris à me repentir de

ma coupable résistance à vous et à vos ordres. Le vénérable Laurent m'a enjoint de me prosterner à vos pieds, et de vous demander pardon... (*Elle s'agenouille devant son père.*) Pardon, je vous en conjure ! Désormais, je me laisserai régir entièrement par vous.

CAPULET

Qu'on aille chercher le comte, et qu'on l'instruise de ceci. Je veux que ce nœud soit noué dès demain matin.

JULIETTE

J'ai rencontré le jeune comte à la cellule de Laurent, et je lui ai témoigné mon amour autant que je le pouvais sans franchir les bornes de la modestie.

CAPULET

Ah ! j'en suis bien aise... Voilà qui est bien... relève-toi. (*Juliette se relève.*) Les choses sont comme elles doivent être... Il faut que je voie le comte. Morbleu, qu'on aille le chercher, vous dis-je. Ah ! pardieu ! c'est un saint homme que ce révérend père, et toute notre cité lui est bien redevable.

JULIETTE

Nourrice, voulez-vous venir avec moi dans mon cabinet ? Vous m'aiderez à ranger les parures que vous trouverez convenables pour ma toilette de demain.

LADY CAPULET

Non, non, pas avant jeudi. Nous avons le temps.

CAPULET

Va, nourrice, va avec elle. (*Juliette sort avec la nourrice. — À lady Capulet.*) Nous irons à l'église demain.

LADY CAPULET

Nous serons pris à court pour les préparatifs : il est presque nuit déjà.

CAPULET

Bah ! je vais me remuer, et tout ira bien, je te le garantis, femme ! Toi, va rejoindre Juliette, et aide-la à se parer ; je ne me coucherai pas cette nuit... Laisse-moi seul ; c'est moi qui ferai la ménagère cette fois... Holà !... Ils sont tous sortis. Allons, je vais moi-même chez le comte Pâris le prévenir pour demain. J'ai le cœur étonnamment allègre, depuis que cette petite folle est venue à résipiscence[1]. *(Ils sortent.)*

SCÈNE III

La chambre à coucher de Juliette.
Entrent Juliette et la nourrice.

JULIETTE

Oui, c'est la toilette qu'il faut... Mais, gentille nourrice, laisse-moi seule cette nuit, je t'en prie : car j'ai besoin de beaucoup prier, pour décider le ciel à sourire à mon existence, qui est, tu le sais bien, pleine de trouble et de péché.

Entre lady Capulet.

LADY CAPULET

Allons, êtes-vous encore occupées ? avez-vous besoin de mon aide ?

---

1. Reconnaître sa faute en la corrigeant.

JULIETTE

Non, madame ; nous avons choisi tout ce qui sera nécessaire pour notre cérémonie de demain. Veuillez permettre que je reste seule à présent, et que la nourrice veille avec vous cette nuit ; car, j'en suis sûre, vous avez trop d'ouvrage sur les bras, dans des circonstances si pressantes.

LADY CAPULET

Bonne nuit ! Mets-toi au lit, et repose ; car tu en as besoin. (*Lady Capulet sort avec la nourrice.*)

JULIETTE

Adieu !... Dieu sait quand nous nous reverrons. Une vague frayeur répand le frisson dans mes veines et y glace presque la chaleur vitale... Je vais les rappeler pour me rassurer... Nourrice !... qu'a-t-elle à faire ici ? Il faut que je joue seule mon horrible scène. (*Prenant la fiole que Laurent lui a donnée.*) À moi, fiole !... Eh quoi ! si ce breuvage n'agissait pas ! serais-je donc mariée demain matin ?... Non, non. Voici qui l'empêcherait... Repose ici, toi. (*Elle met un couteau à côté de son lit.*) Et si c'était un poison que le moine m'eût subtilement administré pour me faire mourir, afin de ne pas être déshonorée par ce mariage, lui qui m'a déjà mariée à Roméo ? J'ai peur de cela ; mais non, c'est impossible : il a toujours été reconnu pour un saint homme… Et si, une fois déposée dans le tombeau, je m'éveillais avant le moment où Roméo doit venir me délivrer ! Ah ! l'effroyable chose ! Ne pourrais-je pas être étouffée dans ce caveau dont la bouche hideuse n'aspire jamais un air pur, et mourir suffoquée avant que Roméo n'arrive ? Ou même, si je vis, n'est-il pas probable que l'horrible impression de la mort et de la nuit jointe à la terreur du lieu… En effet ce caveau est l'ancien réceptacle où depuis bien des siècles sont entassés les os de tous mes ancêtres ensevelis ; où Tybalt sanglant et encore tout frais dans la terre pourrit sous son linceul ; où, dit-on, à certaines heures de la nuit, les esprits s'assemblent ! Hélas ! hélas ! n'est-il pas probable que, réveillée avant l'heure, au milieu d'exhalaisons infectes et de gémissements pareils à ces cris de mandragores[1] déracinées que des vivants ne peuvent entendre sans devenir fous… Oh ! si je m'éveille ainsi, est-ce que je ne perdrai pas la raison, environnée de toutes ces horreurs ? Peut-être alors, insensée, voudrai-je jouer avec les squelettes de mes ancêtres, arracher de son linceul Tybalt mutilé, et, dans ce délire, saisissant l'os de quelque grand-

1. Plantes aux racines fourchues qui, dit-on, faisaient mourir ceux qui les déracinaient.

parent comme une massue, en broyer ma cervelle désespérée ! Oh ! tenez ! il me semble voir le spectre de mon cousin poursuivant Roméo qui lui a troué le corps avec la pointe de son épée... Arrête, Tybalt, arrête ! (*Elle porte la fiole à ses lèvres.*) Roméo ! Roméo ! Roméo ! voici à boire ! je bois à toi. (*Elle se jette sur son lit derrière un rideau.*)

SCÈNE IV

Une salle dans la maison de Capulet. Le jour se lève. Entrent Lady Capulet et la nourrice.

LADY CAPULET, *donnant un trousseau de clefs à la nourrice*

Tenez, nourrice, prenez ces clefs et allez chercher d'autres épices.

LA NOURRICE

On demande des dattes et des coings pour la pâtisserie.

Entre Capulet.

CAPULET

Allons ! debout ! debout ! debout ! le coq a chanté deux fois ; le couvre-feu a sonné ; il est trois heures. (*À lady Capulet.*) Ayez l'œil aux fours, bonne Angélique, et qu'on n'épargne rien.

LA NOURRICE, *à Capulet*

Allez, allez, cogne-fétu[1], allez vous mettre au lit ; ma parole, vous serez malade demain d'avoir veillé cette nuit.

CAPULET

Nenni, nenni[2]. Bah ! j'ai déjà passé des nuits entières pour de moindres motifs, et je n'ai jamais été malade.

LADY CAPULET

Oui, vous avez chassé les souris dans votre temps ; mais je veillerai désormais à ce que vous ne veilliez plus ainsi. (*Lady Capulet et la nourrice sortent.*)

1. Celui qui se fatigue beaucoup pour ne rien faire.
2. Non, non.

CAPULET

Jalousie ! jalousie ! (*Des valets passent portant des broches, des bûches et des paniers.*) (*Au premier valet.*) Eh bien, l'ami, qu'est-ce que tout ça ?

PREMIER VALET

Monsieur, c'est pour le cuisinier, mais je ne sais trop ce que c'est.

CAPULET

Hâte-toi, hâte-toi. (*Sort le premier valet.*) (*Au deuxième valet.*) Maraud, apporte des bûches plus sèches, appelle Pierre, il te montrera où il y en a.

DEUXIÈME VALET

J'ai assez de tête, monsieur, pour suffire aux bûches sans déranger Pierre. (*Il sort.*)

CAPULET

Par la messe, bien répondu. Voilà un plaisant coquin ! Ah ! je te proclame roi des bûches... Ma foi, il est jour. Le comte va être ici tout à l'heure avec la musique, car il me l'a promis. (*Bruit d'instruments qui se rapprochent.*) Je l'entends qui s'avance... Nourrice ! Femme ! Holà ! nourrice, allons donc !

Entre la nourrice.

CAPULET

Allez éveiller Juliette, allez, et habillez-la ; je vais causer avec Pâris... Vite, hâtez-vous, hâtez-vous ! le fiancé est déjà arrivé ; hâtez-vous, vous dis-je. (*Tous sortent.*)

SCÈNE V

La chambre à coucher de Juliette.
Entre la nourrice.

LA NOURRICE, *appelant*

Madame ! allons, madame !... Juliette !... Elle dort profondément, je le garantis... Eh bien, agneau ! eh bien, maîtresse !... Fi, paresseuse !... Allons, amour, allons ! Madame ! mon cher cœur ! Allons, la mariée ! Quoi, pas un mot !... Vous en prenez pour votre argent cette fois, vous dormez pour une semaine, car, la nuit prochaine, j'en réponds, le comte a pris son parti de ne vous laisser prendre que peu de repos... Dieu me pardonne ! Jésus Marie ! comme elle dort ! Il faut que je l'éveille... Madame ! madame ! madame ! Oui, que le comte vous surprenne au lit ; c'est lui qui vous secouera, ma foi... *(Elle tire les rideaux du lit et découvre Juliette étendue et immobile.)* Est-il possible ! Quoi ! toute vêtue, toute parée, et recouchée ! Il faut que je la réveille... Madame ! madame ! madame ! hélas ! hélas ! au secours ! au secours ! ma maîtresse est morte. Ô malheur ! faut-il que je sois jamais née !... Holà, de l'eau-de-vie !... Monseigneur ! Madame !

Entre lady Capulet.

LADY CAPULET

Quel est ce bruit ?

LA NOURRICE

Ô jour lamentable !

LADY CAPULET

Qu'y a-t-il ?

LA NOURRICE, *montrant le lit*

Regardez, regardez ! Ô jour désolant !

LADY CAPULET

Ciel ! ciel ! Mon enfant, ma vie ! Renais, rouvre les yeux, ou je vais mourir avec toi ! Au secours ! au secours ! appelez au secours !

Entre Capulet

CAPULET

Par pudeur, amenez Juliette, son mari est arrivé.

LA NOURRICE

Elle est morte, décédée, elle est morte ; ah ! mon Dieu !

LADY CAPULET

Mon Dieu ! elle est morte ! elle est morte ! elle est morte !

CAPULET, *s'approchant de Juliette*

Ah ! que je la voie !... C'est fini, hélas ! elle est

froide ! Son sang est arrêté et ses membres sont roides. La vie a depuis longtemps déserté ses lèvres. La mort est sur elle, comme une gelée précoce sur la fleur des champs la plus suave.

LA NOURRICE

Ô jour lamentable !

LADY CAPULET

Douloureux moment !

CAPULET

La mort qui me l'a prise pour me faire gémir enchaîne ma langue et ne me laisse pas parler.

Entrent frère Laurent et Pâris suivis de musiciens.

LAURENT

Allons, la fiancée est-elle prête à aller à l'église ?

CAPULET

Prête à y aller, mais pour n'en pas revenir ! (*À Pâris.*) Ô mon fils, la nuit qui précédait tes noces, la mort est entrée dans le lit de ta fiancée, et voici la pauvre fleur toute déflorée par elle. Le sépulcre est mon gendre, le sépulcre est mon héritier, le sépulcre a épousé ma fille. Moi, je vais mourir et tout lui laisser. Quand la vie se retire, tout est au sépulcre.

PÂRIS

N'ai-je si longtemps désiré voir cette aurore, que pour qu'elle me donnât un pareil spectacle !

LADY CAPULET

Jour maudit, malheureux, misérable, odieux ! Heure la plus atroce qu'ait jamais vue le temps dans le cours laborieux de son pèlerinage ! Rien qu'une pauvre enfant, une pauvre chère enfant, rien qu'un seul être pour me réjouir et me consoler, et la mort cruelle l'arrache de mes bras !

LA NOURRICE

Ô douleur ! ô douloureux, douloureux, douloureux jour ! Jour lamentable ! jour le plus douloureux que jamais, jamais j'aie vu ! Ô jour ! ô jour ! ô jour ! ô jour odieux ! Jamais jour ne fut plus sombre ! Ô jour douloureux ! ô jour douloureux !

PÂRIS

Déçue, divorcée, frappée, accablée, assassinée ! Oui, détestable mort, déçue par toi, ruinée par toi, cruelle, cruelle ! Ô mon amour ! ma vie !... Non, tu n'es plus ma vie, tu es mon amour dans la mort !

CAPULET

Honnie, désolée, navrée, martyrisée, tuée ! Sinistre catastrophe, pourquoi es-tu venue détruire, détruire notre solennité ?... Ô mon enfant ! mon enfant : mon enfant ! Non ! toute mon âme ! Quoi, tu es morte !... Hélas ! mon enfant est morte, et, avec mon enfant, sont ensevelies toutes mes joies !

LAURENT

Silence, n'avez-vous pas de honte ? Le remède aux maux désespérés n'est pas dans ces désespoirs. Le ciel et vous, vous partagiez cette belle enfant ; maintenant le ciel l'a tout entière, et pour elle c'est tant mieux. Votre part en elle, vous ne pouviez la garder de la mort, mais le ciel garde sa part dans l'éternelle vie. Une haute fortune était tout ce que vous lui souhaitiez ; c'était le ciel pour vous de la voir s'élever, et vous pleurez maintenant qu'elle s'élève au-dessus des nuages, jusqu'au ciel même !

Oh ! vous aimez si mal votre enfant que vous devenez fous en voyant qu'elle est bien. Vivre longtemps mariée, ce n'est pas être bien mariée ; la mieux mariée est celle qui meurt jeune. Séchez vos larmes et attachez vos branches de romarin sur ce beau corps ; puis, selon la coutume, portez-la dans sa plus belle parure à l'église. Car, bien que la faible nature nous force tous à pleurer, les larmes de la nature font sourire la raison.

CAPULET

Tous nos préparatifs de fête se changent en appareil funèbre : notre concert devient un glas mélancolique ; notre repas de noces, un triste banquet d'obsèques ; nos hymnes solennelles, des chants lugubres. Notre bouquet nuptial sert pour une morte, et tout change de destination.

LAURENT

Retirez-vous, monsieur, et vous aussi, madame, et vous aussi, messire Pâris ; que chacun se prépare à escorter cette belle enfant jusqu'à son tombeau. Le ciel s'appesantit sur vous, pour je ne sais quelle offense ; ne l'irritez pas davantage en murmurant contre sa volonté suprême. (*Sortent Capulet, lady Capulet, Pâris et frère Laurent.*)

PREMIER MUSICIEN

Nous pouvons serrer nos flûtes et partir.

LA NOURRICE

Ah ! serrez-les, serrez-les, mes bons, mes honnêtes amis ; car, comme vous voyez, la situation est lamentable.

PREMIER MUSICIEN

Oui, et je voudrais qu'on pût l'amender[1]. (*Sort la nourrice.*)

Entre Pierre.

PIERRE

Musiciens ! oh ! musiciens, vite *Gaieté du cœur ! Gaieté du cœur !* Oh ! si vous voulez que je vive, jouez-moi *Gaieté du cœur !*

PREMIER MUSICIEN

Et pourquoi *Gaieté du cœur* ?

---

1. Améliorer, arranger.

PIERRE

Ô musiciens ! parce que mon cœur lui-même joue l'air de *Mon cœur est triste.* Ah ! jouez-moi quelque complainte joyeuse pour me consoler.

DEUXIÈME MUSICIEN

Pas la moindre complainte ; ce n'est pas le moment de jouer à présent.

PIERRE

Vous ne voulez pas, alors ?

LES MUSICIENS

Non.

PIERRE

Alors vous allez l'avoir solide.

PREMIER MUSICIEN

Qu'est-ce que nous allons avoir ?

PIERRE

Ce n'est pas de l'argent, morbleu, c'est une raclée, méchants racleurs !

PREMIER MUSICIEN

Méchant valet !

PIERRE

Ah ! je vais vous planter ma dague de valet dans la perruque. Je ne supporterai pas vos fadaises[1] ; je vous en donnerai des *fa* dièses, moi, sur les épaules, notez bien.

PREMIER MUSICIEN

En nous donnant le *fa* dièse, c'est vous qui nous noterez.

DEUXIÈME MUSICIEN

Voyons, rengainez votre dague et dégainez votre esprit.

---

1. Propos déplacés.

PIERRE

En garde donc ! Je vais vous attaquer à la pointe de l'esprit et rengainer ma pointe d'acier... Ripostez-moi en hommes. (*Il chante.*)

Quand une douleur poignante blesse le cœur
Et qu'une morne tristesse accable l'esprit,
Alors la musique au son argentin...

Pourquoi *son argentin* ? Pourquoi la musique a-t-elle le son argentin ? Répondez, Simon Corde-à-Boyau !

PREMIER MUSICIEN

Eh ! parce que l'argent a le son fort doux.

PIERRE

Joli ! Répondez, vous, Hugues Rebec !

DEUXIÈME MUSICIEN

La musique a le son argentin, parce que les musiciens la font sonner pour argent.

PIERRE

Joli aussi !... Répondez, vous, Jacques Serpent.

TROISIÈME MUSICIEN

Ma foi, je ne sais que dire.

PIERRE

Oh ! j'implore votre pardon : vous êtes le chanteur de la bande. Eh bien, je vais répondre pour vous. La musique a le son argentin, parce que les gaillards de votre espèce font rarement sonner l'or. (*Il chante.*)

Alors la musique au son argentin
Apporte promptement le remède. (*Il sort.*)

PREMIER MUSICIEN

Voilà un fieffé coquin !

DEUXIÈME MUSICIEN

Qu'il aille se faire pendre !... Sortons, nous autres ! attendons le convoi, et nous resterons à dîner. (*Ils sortent.*)

ACTE V

SCÈNE PREMIÈRE

Mantoue. Une rue. Entre Roméo.

ROMÉO

Si je puis me fier aux flatteuses assurances du sommeil, mes rêves m'annoncent l'arrivée de quelque joyeuse nouvelle. La pensée souveraine de mon cœur siège sereine sur son trône ; et, depuis ce matin, une allégresse singulière m'élève au-dessus de terre par de riantes pensées. J'ai rêvé que ma dame arrivait et me trouvait mort (étrange rêve qui laisse à un mort la faculté de penser !), puis, qu'à force de baisers elle ranimait la vie sur mes lèvres, et que je renaissais, et que j'étais empereur. Ciel ! combien doit être douce la possession de l'amour, si son ombre est déjà si prodigue de joies !

Entre Balthazar, chaussé de bottes.

ROMÉO

Des nouvelles de Vérone !... Eh bien, Balthazar, est-ce que tu ne m'apportes pas de lettre du moine ? Comment va ma dame ? Mon père est-il bien ? Comment va madame Juliette ? Je te répète cette question-là ; car, si ma Juliette est heureuse, il n'existe pas de malheur.

BALTHAZAR

Elle est heureuse, il n'existe donc pas de malheur. Son corps repose dans le tombeau des Capulets, et son âme immortelle vit avec les anges. Je l'ai vu déposer dans le caveau de sa famille, et j'ai pris aussitôt la poste pour vous l'annoncer. Oh ! pardonnez-moi de vous apporter ces tristes nouvelles : je remplis l'office dont vous m'aviez chargé, monsieur.

ROMÉO

Est-ce ainsi ? eh bien, astres, je vous défie !... (*À Balthazar*) Tu sais où je loge : procure-moi de l'encre et du papier, et loue des chevaux de poste : je pars d'ici ce soir.

BALTHAZAR

Je vous en conjure, monsieur, ayez de la patience.

Votre pâleur, votre air hagard annoncent quelque catastrophe.

ROMÉO

Bah ! tu te trompes !... Laisse-moi et fais ce que je te dis : est-ce que tu n'as pas de lettre du moine pour moi ?

BALTHAZAR

Non, mon bon seigneur.

ROMÉO

N'importe : va-t'en, et loue des chevaux ; je te rejoins sur-le-champ. (*Sort Balthazar.*) Oui, Juliette, je dormirai près de toi cette nuit. Cherchons le moyen... Ô destruction ! comme tu t'offres vite à la pensée des hommes désespérés ! Je me souviens d'un apothicaire qui demeure aux environs ; récemment encore je le remarquais sous sa guenille, occupé, le sourcil froncé, à cueillir des simples[1] ; il avait la mine amaigrie ; l'âpre misère l'avait usé jusqu'aux os. Dans sa pauvre échoppe étaient accrochés une tortue, un alligator empaillé et des peaux

1. Plantes médicinales.

de poissons monstrueux ; sur ses planches, une chétive collection de boîtes vides, des pots de terre verdâtres, des vessies et des graines moisies, des restes de ficelle et de vieux pains de roses[1] étaient épars çà et là pour faire étalage. Frappé de cette pénurie, je me dis à moi-même : Si un homme avait besoin de poison, bien que la vente en soit punie de mort à Mantoue, voici un pauvre gueux qui lui en vendrait. Oh ! je pressentais alors mon besoin présent ; il faut que ce besogneux m'en vende... Autant qu'il m'en souvient, ce doit être ici sa demeure ; comme c'est fête aujourd'hui, la boutique du misérable est fermée... Holà ! l'apothicaire !

Une porte s'ouvre. Paraît l'apothicaire.

L'APOTHICAIRE

Qui donc appelle si fort ?

ROMÉO

Viens ici, l'ami... Je vois que tu es pauvre ; tiens, voici quarante ducats[2] ; donne-moi une dose de poison ; mais il me faut une drogue énergique qui, à peine dispersée dans les veines de l'homme las de

---

1. Pétales de roses compactées, utilisées comme parfum.
2. Ancienne monnaie d'or.

vivre, le fasse tomber mort, et qui chasse du corps le souffle aussi violemment, aussi rapidement que la flamme renvoie la poudre des entrailles fatales du canon !

L'APOTHICAIRE

J'ai de ces poisons meurtriers. Mais la loi de Mantoue, c'est la mort pour qui les débite.

ROMÉO

Quoi ! tu es dans ce dénuement et dans cette misère, et tu as peur de mourir ! La famine est sur tes joues ; le besoin et la souffrance agonisent dans ton regard ; le dégoût et la misère pendent à tes épaules. Le monde ne t'est point ami, ni la loi du monde ; le monde n'a pas fait sa loi pour t'enrichir ; viole-la donc, cesse d'être pauvre et prends ceci. (*Il lui montre sa bourse.*)

L'APOTHICAIRE

Ma pauvreté consent, mais non ma volonté.

ROMÉO

Je paye ta pauvreté, et non ta volonté.

L'APOTHICAIRE

Mettez ceci dans le liquide que vous voudrez, et avalez ; eussiez-vous la force de vingt hommes, vous serez expédié immédiatement.

ROMÉO, *lui jetant sa bourse*

Voici ton or ; ce poison est plus funeste à l'âme des hommes, il commet plus de meurtres dans cet odieux monde que ces pauvres mixtures que tu n'as pas le droit de vendre. C'est moi qui te vends du poison ; tu ne m'en as pas vendu. Adieu, achète de quoi manger et engraisse. (*Serrant la fiole que l'apothicaire lui a remise.*) Ceci, du poison ? non ! Viens, poison, viens avec moi au tombeau de Juliette ; c'est là que tu dois me servir. (*Ils se séparent.*)

SCÈNE II

La cellule de frère Laurent. Entre frère Jean.

JEAN

Saint franciscain ! mon frère, holà !

LAURENT

Ce doit être la voix de frère Jean. De Mantoue sois le bienvenu. Que dit Roméo ?... A-t-il écrit ? Alors donne-moi sa lettre.

JEAN

J'étais allé à la recherche d'un frère déchaussé[1] de notre ordre, qui devait m'accompagner, et je l'avais trouvé ici dans la cité en train de visiter les malades ; mais les inspecteurs de la ville, nous ayant rencontrés tous deux dans une maison qu'ils soupçonnaient infectée de la peste, en ont fermé les portes et n'ont pas voulu nous laisser sortir. C'est ainsi qu'a été empêché mon départ pour Mantoue.

LAURENT

Qui donc a porté ma lettre à Roméo ?

JEAN

La voici. Je n'ai pas pu l'envoyer, ni me procurer un messager pour te la rapporter, tant la contagion effrayait tout le monde.

---

1. Moine franciscain, qui a les pieds nus dans des sandales.

LAURENT

Malheureux événement ! Par notre confrérie ce n'était pas une lettre insignifiante, c'était un message d'une haute importance, et ce retard peut produire de grands malheurs. Frère Jean, va me chercher un levier de fer, et apporte-le-moi sur-le-champ dans ma cellule.

JEAN

Frère, je vais te l'apporter. (*Il sort.*)

LAURENT

Maintenant il faut que je me rende seul au tombeau ; dans trois heures la belle Juliette s'éveillera. Elle me maudira, parce que Roméo n'a pas été prévenu de ce qui est arrivé ; mais je vais récrire à Mantoue, et je la garderai dans ma cellule jusqu'à la venue de Roméo. Pauvre cadavre vivant, enfermé dans le sépulcre d'un mort ! (*Il sort.*)

SCÈNE III

Vérone. – Un cimetière au milieu duquel s'élève le tombeau des Capulets. Entre Pâris suivi de son page qui porte une torche et des fleurs.

PÂRIS

Page, donne-moi ta torche. Éloigne-toi et tiens-toi à l'écart... Mais, non, éteins-la, car je ne veux pas être vu. Va te coucher sous ces ifs[1] là-bas, en appliquant ton oreille contre la terre sonore ; aucun pied ne pourra se poser sur le sol du cimetière, tant de fois amolli et fouillé par la bêche du fossoyeur, sans que tu l'entendes : tu siffleras, pour m'avertir, si tu entends approcher quelqu'un... Donne-moi ces fleurs. Fais ce que je te dis. Va.

LE PAGE, *à part*

J'ai presque peur de rester seul ici dans le cimetière ; pourtant je me risque. (*Il se retire.*)

PÂRIS

Douce fleur, je sème ces fleurs sur ton lit nuptial,

1. Arbres à fruits rouges, décoratifs.

dont le dais[1], hélas ! est fait de poussière et de pierres ; je viendrai chaque nuit les arroser d'eau douce, ou, à son défaut, de larmes distillées par des sanglots ; oui, je veux célébrer tes funérailles en venant, chaque nuit, joncher ta tombe et pleurer. (*Lueur d'une torche et bruit de pas au loin. Le page siffle.*) Le page m'avertit que quelqu'un approche. Quel est ce pas sacrilège qui erre par ici la nuit et trouble les rites funèbres de mon amour ?... Eh quoi ! une torche !... Nuit, voile-moi un instant. (*Il se cache.*)

Entre Roméo, suivi de Balthazar qui porte une torche, une pioche et un levier.

ROMÉO

Donne-moi cette pioche et ce croc d'acier. (*Remettant un papier au page.*) Tiens, prends cette lettre ; demain matin, de bonne heure, aie soin de la remettre à mon seigneur et père... Donne-moi la lumière. Sur ta vie, voici mon ordre : quoi que tu voies ou entendes, reste à l'écart et ne m'interromps pas dans mes actes. Si je descends dans cette alcôve[2] de la mort, c'est pour contempler les traits de ma dame, mais surtout pour détacher de son doigt

1. Plafond, baldaquin au-dessus d'un lit.
2. Chambre.

inerte un anneau précieux, un anneau que je dois employer à un cher usage. Ainsi, éloigne-toi, va-t'en... Mais si, cédant au soupçon, tu oses revenir pour épier ce que je veux faire, par le ciel, je te déchirerai lambeau par lambeau, et je joncherai de tes membres ce cimetière affamé. Ma résolution est farouche comme le moment : elle est plus terrible et plus inexorable que le tigre à jeun ou la mer rugissante.

BALTHAZAR

Je m'en vais, monsieur, et je ne vous troublerai pas.

ROMÉO

C'est ainsi que tu me prouveras ton dévouement... (*Lui jetant sa bourse.*) Prends ceci : vis et prospère... Adieu, cher enfant.

BALTHAZAR, *à part*

N'importe. Je vais me cacher aux alentours ; sa mine m'effraye, et je suis inquiet sur ses intentions. (*Il se retire.*)

ROMÉO, *prenant le levier et allant au tombeau*

Horrible gueule, ventre de la mort, gorgée de ce que la terre a de plus précieux, je parviendrai bien à ouvrir tes lèvres pourries et à te fourrer de force une nouvelle proie ! (*Il enfonce la porte du monument.*)

PÂRIS

C'est ce banni, ce Montague hautain qui a tué le cousin de ma bien-aimée : la belle enfant en est morte de chagrin, à ce qu'on suppose. Il vient ici pour faire quelque infâme outrage aux cadavres : je vais l'arrêter... (*Il avance.*) Suspends ta besogne, impie, vil Montague : la vengeance peut-elle se poursuivre au-delà de la mort ? Misérable condamné, je t'arrête. Obéis et viens avec moi ; car il faut que tu meures.

ROMÉO

Il le faut en effet, et c'est pour cela que je suis venu ici... Bon jeune homme, ne tente pas un désespéré, sauve-toi d'ici et laisse-moi... (*Montrant les tombeaux.*) Songe à tous ces morts, et recule épouvanté... Je t'en supplie, jeune homme, ne charge pas ma tête d'un péché nouveau en me poussant à la fureur... Oh ! va-t'en. Par le ciel, je t'aime plus que moi-même, car c'est contre moi-même que je viens ici armé. Ne reste pas, va-t'en ; vis, et dis plus tard que la pitié d'un furieux t'a forcé de fuir.

PÂRIS, *l'épée à la main*

Je brave ta commisération[1], et je t'arrête ici comme félon[2].

ROMÉO

Tu veux donc me provoquer ? Eh bien, à toi, enfant. (*Ils se battent.*)

LE PAGE

Ô ciel ! ils se battent : je vais appeler le guet[3]. (*Il sort en courant.*)

PÂRIS, *tombant*

Oh ! je suis tué !... Si tu es généreux, ouvre le tombeau et dépose-moi près de Juliette. (*Il expire.*)

---

1. Je n'ai que faire de ta pitié.
2. Celui qui offense son seigneur.
3. Troupe chargée de la surveillance de la ville pendant la nuit.

Sur ma foi, je le ferai. (*Se penchant sur le* cadavre.) Examinons cette figure : un parent de Mercutio, le noble comte Pâris ! Que m'a donc dit mon valet ? Mon âme, bouleversée, n'y a pas fait attention... Nous étions à cheval... Il me contait, je crois, que Pâris devait épouser Juliette. M'a-t-il dit cela, ou l'ai-je rêvé ? Ou, en l'entendant parler de Juliette, ai-je eu la folie de m'imaginer cela ? (*Prenant le cadavre par le bras.*) Oh ! donne-moi ta main, toi que l'âpre adversité a inscrit comme moi sur son livre ! Je vais t'ensevelir dans un tombeau triomphal... Un tombeau ? oh ! non, jeune victime, c'est un louvre[1] splendide, car Juliette y repose, et sa beauté fait de ce caveau une salle de fête illuminée. (*Il dépose Pârirs dans le monument.*) Mort, repose ici, enterré par un mort. Que de fois les hommes à l'agonie ont eu un accès de joie, un éclair avant la mort, comme disent ceux qui les soignent... Ah ! comment comparer ceci à un éclair ? (*Contemplant le corps de Juliette.*) Ô mon amour ! ma femme ! La mort qui a sucé le miel de ton haleine n'a pas encore eu de pouvoir sur ta beauté : elle ne t'a pas conquise ; la flamme de la beauté est encore toute cramoisie sur tes lèvres et sur tes joues, et le pâle drapeau de la

1. Palais.

mort n'est pas encore déployé là... (*Allant à un autre cercueil.*) Tybalt ! te voilà donc couché dans ton linceul sanglant ! Oh ! que puis-je faire de plus pour toi ? De cette même main qui faucha ta jeunesse, je vais abattre celle de ton ennemi. Pardonne-moi, cousin. (*Revenant sur ses pas.*) Ah ! chère Juliette, pourquoi es-tu si belle encore ? Dois-je croire que le spectre de la Mort est amoureux et que l'affreux monstre décharné te garde ici dans les ténèbres pour te posséder ?... Horreur ! Je veux rester près de toi, et ne plus sortir de ce sinistre palais de la nuit ; ici, ici, je veux rester avec ta chambrière, la vermine ! Oh ! c'est ici que je veux fixer mon éternelle demeure et soustraire au joug des étoiles ennemies cette chair lasse du monde... (*Tenant le corps embrassé.*) Un dernier regard, mes yeux ! bras, une dernière étreinte ! et vous, lèvres, vous, portes de l'haleine, scellez par un baiser légitime un pacte indéfini avec le sépulcre accapareur ! (*Saisissant la fiole.*) Viens, amer conducteur, viens, âcre guide. Pilote désespéré, vite ! lance sur les brisants[1] ma barque épuisée par la tourmente ! À ma bien-aimée ! (*Il boit le poison.*) Oh ! l'apothicaire ne m'a pas trompé : ses drogues sont actives... Je meurs ainsi... sur un baiser ! (*Il expire en embrassant Juliette.*)

1. Récifs à fleur d'eau sur lesquels la mer se brise.

Frère Laurent paraît à l'autre extrémité du cimetière, avec une lanterne, un levier et une bêche.

LAURENT

Saint François me soit en aide ! Que de fois cette nuit mes vieux pieds se sont heurtés à des tombes ! (*Il rencontre Balthazar étendu à terre.*) Qui est là ?

BALTHAZAR, *se relevant*

Un ami ! quelqu'un qui vous connaît bien.

LAURENT, *montrant le tombeau des Capulets*

Soyez béni !... Dites-moi, mon bon ami, quelle est cette torche là-bas qui prête sa lumière inutile aux larves et aux crânes sans yeux ? Il me semble qu'elle brûle dans le monument des Capulets.

BALTHAZAR

En effet, saint prêtre ; il y a là mon maître, quelqu'un que vous aimez.

LAURENT

Qui donc ?

BALTHAZAR

Roméo.

LAURENT

Combien de temps a-t-il été là ?

BALTHAZAR

Une grande demi-heure.

LAURENT

Viens avec moi au caveau.

BALTHAZAR

Je n'ose pas, messire. Mon maître croit que je suis parti ; il m'a menacé de mort en termes effrayants, si je restais à épier ses actes.

LAURENT

Reste donc, j'irai seul... L'inquiétude me prend : oh ! je crains bien quelque malheur.

BALTHAZAR

Comme je dormais ici sous cet if, j'ai rêvé que

mon maître se battait avec un autre homme et que mon maître le tuait.

LAURENT, *allant vers le tombeau*

Roméo ! (*Dirigeant la lumière de sa lanterne sur l'entrée du tombeau.*) Hélas ! hélas ! quel est ce sang qui tache le seuil de pierre de ce sépulcre ? Pourquoi ces épées abandonnées et sanglantes projettent-elles leur sinistre lueur sur ce lieu de paix ? (*Il entre dans le monument.*) Roméo ! Oh ! qu'il est pâle !... Quel est cet autre ? Quoi, Pâris aussi ! baigné dans son sang ! Oh ! quelle heure cruelle est donc coupable de cette lamentable catastrophe ?... (*Éclairant Juliette.*) Elle remue ! (*Juliette s'éveille et se soulève.*)

JULIETTE

Ô frère charitable, où est mon seigneur ? Je me rappelle bien en quel lieu je dois être : m'y voici... Mais où est Roméo ? (*Rumeur au loin.*)

LAURENT

J'entends du bruit... Ma fille, quitte ce nid de mort, de contagion, de sommeil contre nature. Un pouvoir au-dessus de nos contradictions a déconcerté nos plans. Viens, viens, partons ! Ton mari est là gisant sur ton sein, et voici Pâris. Viens, je te placerai dans une communauté de saintes religieuses ; pas de questions ! le guet arrive... Allons, viens, chère Juliette. (*La rumeur se rapproche.)* Je n'ose rester plus longtemps. (*Il sort du tombeau et disparaît.*)

JULIETTE

Va, sors d'ici, car je ne m'en irai pas, moi. Qu'est ceci ? Une coupe qu'étreint la main de mon bien-aimé ? C'est le poison, je le vois, qui a causé sa fin prématurée. L'égoïste ! il a tout bu ! il n'a pas laissé une goutte amie pour m'aider à le rejoindre ! Je veux baiser tes lèvres : peut-être y trouverai-je un reste de poison dont le baume me fera mourir... *(Elle l'embrasse.*) Tes lèvres sont chaudes !

PREMIER GARDE, *derrière le théâtre*

Conduis-nous, page... De quel côté ?

JULIETTE

Oui, du bruit ! Hâtons-nous donc ! (*Saisissant le poignard de Roméo.*) Ô heureux poignard ! voici ton fourreau... (*Elle se frappe.*) Rouille-toi là et laisse-moi mourir ! *(Elle tombe sur le corps de Roméo et expire.*)

Entre le guet, conduit par le page de Pâris.

LE PAGE, *montrant le tombeau*

Voilà l'endroit, là où la torche brûle.

PREMIER GARDE, à *l'entrée du tombeau*

Le sol est sanglant. Qu'on fouille le cimetière. Allez, plusieurs, et arrêtez qui vous trouverez. *(Des gardes sortent.)* Spectacle navrant ! Voici le comte assassiné... et Juliette en sang !... chaude encore !... morte il n'y a qu'un moment, elle qui était ensevelie depuis deux jours !... Allez prévenir le prince, courez chez les Capulets, réveillez les Montagues... que d'autres aillent aux recherches ! *(D'autres gardes sortent.)* Nous voyons bien le lieu où sont entassés tous ces désastres ; mais les causes qui ont donné lieu à ces désastres lamentables, nous ne pouvons les découvrir sans une enquête.

Entrent quelques gardes, ramenant Balthazar.

DEUXIÈME GARDE

Voici le valet de Roméo, nous l'avons trouvé dans le cimetière.

PREMIER GARDE

Tenez-le sous bonne garde jusqu'à l'arrivée du prince.

Entre un garde, ramenant frère Laurent.

TROISIÈME GARDE

Voici un moine qui tremble, soupire et pleure. Nous lui avons pris ce levier et cette bêche, comme il venait de ce côté du cimetière.

PREMIER GARDE

Graves présomptions ! Retenez aussi ce moine.

Le jour commence à poindre.
Entrent le prince et sa suite.

LE PRINCE

Quel est le malheur matinal qui enlève ainsi notre personne à son repos ?

Entrent Capulet, lady Capulet et leur suite.

CAPULET

Pourquoi ces clameurs qui retentissent partout ?

LADY CAPULET

Le peuple dans les rues crie : Roméo !... Juliette !... Pâris !... et tous accourent, en jetant l'alarme, vers notre monument.

LE PRINCE

D'où vient cette épouvante qui fait tressaillir nos oreilles ?

PREMIER GARDE, *montrant les cadavres*

Mon souverain, voici le comte Pâris assassiné ; voici Roméo mort ; voici Juliette, la morte qu'on pleurait, chaude encore et tout récemment tuée.

LE PRINCE

Cherchez, fouillez partout, et sachez comment s'est fait cet horrible massacre.

PREMIER GARDE

Voici un moine, et le valet du défunt Roméo ; ils ont été trouvés munis des instruments nécessaires pour ouvrir la tombe de ces morts.

CAPULET

Ô Ciel !... Oh ! vois donc, femme, notre fille est en sang !... Ce poignard s'est mépris... Tiens ! sa gaine est restée vide au flanc du Montague, et il s'est égaré dans la poitrine de ma fille !

LADY CAPULET

Mon Dieu ! ce spectacle funèbre est le glas[1] qui appelle ma vieillesse au sépulcre.

Entrent Montague et sa suite.

LE PRINCE

Approche, Montague : tu t'es levé avant l'heure pour voir ton fils, ton héritier couché avant l'heure.

MONTAGUE

Hélas ! mon suzerain[2], ma femme est morte cette nuit. L'exil de son fils l'a suffoquée de douleur ! Quel est le nouveau malheur qui conspire contre mes années ?

---

1. Son d'une cloche d'église annonçant la mort d'une personne.
2. Seigneur qui est au-dessus de tous les autres.

LE PRINCE, *montrant le tombeau*

Regarde, et tu verras.

MONTAGUE, *reconnaissant Roméo*

Ô malappris ! Y a-t-il donc bienséance à prendre le pas sur ton père dans la tombe ?

LE PRINCE

Fermez la bouche aux imprécations, jusqu'à ce que nous ayons pu éclaircir ces mystères, et en connaître la source, la cause et l'enchaînement. Alors c'est moi qui mènerai votre deuil, et qui le conduirai, s'il le faut, jusqu'à la mort. En attendant, contenez-vous, et que l'affliction s'asservisse à la patience... Faites venir ceux qu'on soupçonne. (*Les gardes amènent Laurent et Balthazar.*)

LAURENT

Tout impuissant que j'ai été, c'est moi qui suis le plus suspect, puisque l'heure et le lieu s'accordent à m'imputer cet horrible meurtre ; me voici, prêt à m'accuser et à me défendre, prêt à m'absoudre en me condamnant.

LE PRINCE

Dis donc vite ce que tu sais sur ceci.

LAURENT

Je serai bref, car le peu de souffle qui me reste ne suffirait pas à un récit prolixe. Roméo, ici gisant, était l'époux de Juliette ; et Juliette, ici gisante, était la femme fidèle de Roméo. Je les avais mariés : le jour de leur mariage secret fut le dernier jour de Tybalt, dont la mort prématurée proscrivit de cette cité le nouvel époux. C'était lui, et non Tybalt, que pleurait Juliette. (*À Capulet.*) Vous, pour chasser la douleur qui assiégeait votre fille, vous l'aviez fiancée, et vous vouliez la marier de force au comte Pâris. Sur ce, elle est venue à moi, et, d'un air effaré, m'a dit de trouver un moyen pour la soustraire à ce second mariage ; sinon, elle voulait se tuer, là, dans ma cellule. Alors, sur la foi de mon art, je lui ai remis un narcotique[1] qui a agi, comme je m'y attendais, en lui donnant l'apparence de la mort. Cependant j'ai écrit à Roméo d'arriver, dès cette nuit fatale, pour aider Juliette à sortir de sa tombe empruntée, au moment où l'effet du breuvage cesserait. Mais celui qui était chargé de ma lettre, frère Jean, a été retenu par un accident, et me l'a rapportée hier soir. Alors

1. Breuvage qui fait dormir.

tout seul, à l'heure fixée d'avance pour le réveil de Juliette, je me suis rendu au caveau des Capulets, dans l'intention de l'emmener et de la recueillir dans ma cellule jusqu'à ce qu'il me fût possible de prévenir Roméo. Mais quand je suis arrivé quelques minutes avant le moment de son réveil, j'ai trouvé ici le noble Pâris et le fidèle Roméo prématurément couchés dans le sépulcre. Elle s'éveille, je la conjure de partir et de supporter ce coup du ciel avec patience... Aussitôt un bruit alarmant me chasse de la tombe ; Juliette, désespérée, refuse de me suivre et c'est sans doute alors qu'elle s'est fait violence à elle-même. Voilà tout ce que je sais. La nourrice était dans le secret de ce mariage. Si dans tout ceci quelque malheur est arrivé par ma faute, que ma vieille vie soit sacrifiée, quelques heures avant son épuisement, à la rigueur des lois les plus sévères.

LE PRINCE

Nous t'avons toujours connu pour un saint homme... Où est le valet de Roméo ? qu'a-t-il à dire ?

BALTHAZAR

J'ai porté à mon maître la nouvelle de la mort de Juliette ; aussitôt il a pris la poste, a quitté Mantoue et est venu dans ce cimetière, à ce monument. Là, il m'a chargé de remettre de bonne heure à son père la lettre que voici et, entrant dans le caveau, m'a ordonné sous peine de mort de partir et de le laisser seul.

LE PRINCE, *prenant le papier que tient Balthazar*

Donne-moi cette lettre, je veux la voir... Où est le page du comte, celui qui a appelé le guet ? Maraud, qu'est-ce que ton maître a fait ici ?

LE PAGE

Il est venu jeter des fleurs sur le tombeau de sa fiancée et m'a dit de me tenir à l'écart, ce que j'ai fait. Bientôt un homme avec une lumière est arrivé pour ouvrir la tombe ; et, quelques instants après, mon maître a tiré l'épée contre lui ; et c'est alors que j'ai couru appeler le guet.

LE PRINCE, *jetant les yeux sur la lettre*

Cette lettre confirme les paroles du moine... Voilà tout le récit de leurs amours... Il a appris qu'elle était morte ; aussitôt, écrit-il, il a acheté du poison chez un pauvre apothicaire et sur-le-champ s'est rendu dans ce caveau pour y mourir et reposer près de

Juliette. (*Regardant autour de lui.*) Où sont-ils, ces ennemis ? Capulet ! Montague ! Voyez par quel fléau le ciel châtie votre haine : pour tuer vos joies il se sert de l'amour !... Et moi, pour avoir fermé les yeux sur vos discordes, j'ai perdu deux parents. Nous sommes tous punis.

CAPULET

Ô Montague, mon frère, donne-moi ta main. (*Il serre la main de Montague.*) Voici le douaire[1] de ma fille ; je n'ai rien à te demander de plus.

MONTAGUE

Mais moi, j'ai à te donner plus encore. Je veux dresser une statue de ta fille en or pur. Tant que Vérone gardera son nom, il n'existera pas de figure plus honorée que celle de la loyale et fidèle Juliette.

CAPULET

Je veux que Roméo soit auprès de sa femme dans la même splendeur : pauvres victimes de nos inimitiés !

---

1. Capulet demande la réconciliation à titre posthume (le douaire désigne le droit de l'épouse survivante sur les biens de son mari).

LE PRINCE

Cette matinée apporte avec elle une paix sinistre, le soleil se voile la face de douleur. Partons pour causer encore de ces tristes choses. Il y aura des graciés et des punis. Car jamais aventure ne fut plus douloureuse que celle de Juliette et de son Roméo. (*Tous sortent.*)

Quelques dates dans la vie et l'œuvre de William Shakespeare

1564 : William Shakespeare naît à Stradford-upon-Avon, près d'Oxford, probablement le 23 avril. Il y est baptisé le 26. William est le troisième enfant de John Shakespeare et de Mary, née Arden. Ses parents auront huit enfants, quatre filles et quatre garçons. William est l'aîné des garçons.
Son père est administrateur des biens du bourg, puis maire de Stradford quatre ans plus tard. Sa mère est la fille d'un petit propriétaire terrien de Wilmcote, dans les environs de Stradford. La famille fait donc partie de la bourgeoisie de bon rang dans la société stradfordienne.

On ne sait rien d'assuré concernant les années d'enfance, d'adolescence et d'apprentissage du jeune William.

1582 : Mariage de William Shakespeare (il a alors dix-huit ans) avec Anne Hathaway, de huit ans son aînée, fille d'un fermier de Shottery, hameau tout proche de Stradford. Trois enfants naîtront de cette union.

1583 : Six mois après le mariage, Anne Shakespeare donne naissance à une fille, Susanna.

1585 : Naissance de jumeaux, un garçon, Hamnett, et une fille, Judith.

1592 : Shakespeare a fait ses débuts de comédien et d'auteur dramatique. Son nom apparaît dans une brochure de Robert Greene[1], qui l'attaque violemment en le traitant de « corbeau prétentieux », « avec un cœur de tigre sous une peau d'acteur », qui se considère comme « le seul homme capable de faire vibrer une scène *[Shake-*

1. Robert Greene (1558-1592), écrivain anglais. L'ouvrage s'intitule *Un liard d'esprit achete un million de repentirs*. L'expression « cœur de tigre » parodie un vers de la Troisième partie d'*Henry VI*.

scene] dans tout le pays ». Les réactions sont si vives que l'imprimeur de Greene, Henry Chettle, croit devoir s'excuser publiquement dans *Rêve d'un cœur tendre*.

1592-1593 : Premières représentations de *Richard III*, un de ses drames historiques les plus fameux[1]. Adapté au cinéma par Al Pacino en 1996 dans un film intitulé *Looking for Richard*.

1593 : Publication du poème *Vénus et Adonis*, dédié au comte de Southampton.

1594 : Shakespeare entre dans la troupe de Comédiens du Chambellan, dirigée par Richard Burbage[2]. La compagnie nouvellement réorganisée se produit au Théâtre, dans le quartier de Bishopsgate à Londres, au nord de la Tamise. Shakespeare est à la fois acteur, auteur principal et cogérant de la troupe. Premières représentations de *La Comédie des erreurs* et de *Peines d'amour perdues*, deux comédies.

---

1. Il contient l'exclamation célèbre de Richard III à la bataille de Bosworth, au cours de laquelle il est réduit à combattre à pied : « Un cheval ! Mon royaume pour un cheval ! »
2. Richard Burbage (1573-1619), un des plus grands acteurs du temps de Shakespeare.

Publication du poème *Le Viol de Lucrèce*, dédié également au comte de Southampton.

1595 : Premières représentations de *Roméo et Juliette*, tragédie dont l'action se passe dans l'Italie de la Renaissance. L'adaptation cinématographique de Franco Zeffirelli en 1968 a touché un très large public, de même que celle de Baz Luhrmann en 1996, avec Leonardo Di Caprio dans le rôle de Roméo.

Premières représentations de *Richard II*, un drame historique, et du *Songe d'une nuit d'été*, une comédie féerique.

1596 : Mort du fils unique de Shakespeare, Hamnett, à l'âge de onze ans.

1596-1597 : Premières représentations du *Roi Jean*, pièce historique sur le roi Jean sans Terre, et du *Marchand de Venise*, une comédie.
Shakespeare écrit en moyenne deux pièces par an.

1597 : Shakespeare achète New Place (« Nouvelle Demeure ») à Stradford, une des plus belles maisons de la ville.

1597-1598 : Premières représentations de la Première Partie de *Henri IV*, drame historique en deux parties. *Les Joyeuses Commères de Windsor*, comédie dans laquelle apparaît le personnage truculent de Falstaff. *Beaucoup de bruit pour rien*, comédie dont le titre est passé en proverbe.

1598 : Shakespeare tient un rôle dans la comédie de Ben Jonson[1], *Chaque homme selon son humeur*. Premières représentations de la Deuxième Partie de *Henri IV*.

1598-1599 : Premières représentations de *Henry V*, drame historique autour de la célèbre bataille d'Azincourt. Adapté au cinéma par Kenneth Branagh en 1989.

1599 : Inauguration du Globe au sud de la Tamise, nouvel édifice construit avec des matériaux du Théâtre, démonté pour l'occasion, et le théâtre par excellence de Shakespeare. Il en est copropriétaire, avec un dixième des parts.

---

1. Benjamin Jonson (1572-1637), auteur dramatique anglais. Il écrivit à propos de Shakespeare : « Il n'était pas d'un siècle, mais pour toutes les époques. »

1599-1600 : Premières représentations de *Jules César*, tragédie inspirée des *Vies* de Plutarque[1], et de *Comme il vous plaira*, comédie inspirée d'un roman de Thomas Lodge[2].

1600-1601 : Premières représentations de Hamlet, une de ses plus célèbres tragédies, véritable drame familial se déroulant à la Cour du Danemark.

1601 : Mort du père de Shakespeare.
Premières représentations de *Richard II* au Globe, drame historique sur la guerre des Deux-Roses[3].

1601-1602 : Premières représentations de *Troïlus et Cresside*, tragi-comédie inspirée de l'*Iliade*.

1602-1603 : Premières représentations de *Tout est bien qui finit bien*, comédie inspirée du *Décamé-*

1. Plutarque (vers 46/49-vers 125), biographe et moraliste grec, auteur des *Vies parallèles*, collection de biographies groupées deux par deux, celle d'un Grec étant comparée à celle d'un Romain (César fait ainsi pendant à Alexandre le Grand).
2. Thomas Lodge (1558-1625), écrivain anglais. C'est son roman *Rosalynde*, publié en 1590, qui servit de source à Shakespeare pour *As You Like It*.
3. Guerre civile anglaise, qui opposa la maison d'York à la maison de Lancastre, de 1455 à 1485.

ron de Boccace[1], et de *Mesure pour Mesure*, une tragi-comédie.

1603 : Shakespeare joue dans *Séjan*, une tragédie de Ben Jonson. La compagnie du Chambellan devient celle du Roi à l'accession au trône de Jacques Ier.

1604 : Premières représentations d'*Othello*, tragédie mettant en scène le fameux général maure. Adaptée au cinéma par Orson Welles en 1952.

1605-1606 : Premières représentations du *Roi Lear* et de *Macbeth*, deux tragédies considérées habituellement comme des sommets du théâtre de Shakespeare.

1606-1607 : Premières représentations d'*Antoine et Cléopâtre*, drame historique mettant en scène ce couple célèbre de l'Antiquité.

1607 : Mariage de sa fille aînée Susanna avec John Hall, médecin établi à Stradford.

---

1. Boccace (1313-1375), écrivain italien. *Le Décaméron*, un recueil de contes, est son œuvre la plus connue.

1608 : Naissance d'une petite-fille, Elizabeth Hall. Mort de la mère de Shakespeare.

1609 : Publication des *Sonnets*, un recueil de ses poèmes, qui occupent une place centrale dans l'histoire de la poésie anglaise.

1611-1612 : Premières représentations de *La Tempête*, une tragi-comédie.

1613 : Incendie du Globe, alors qu'on l'on y donne une pièce nouvelle, *Henri VIII* (l'incendie est allumé par les décharges d'artillerie que nécessite la pièce).
Retour définitif de Shakespeare à Stradford.

1616 : Mariage de sa fille cadette Judith avec Thomas Quiney, fils d'un ancien maire de Stradford.
23 avril : Mort de Shakespeare. Il est enterré dans l'église de la Sainte-Trinité.

1623 : Un monument à sa mémoire est inauguré dans l'église de Stradford.
Publication de la première édition du théâtre complet de Shakespeare.

Table

Composition JOUVE – 53100 Mayenne
N° 340470s
Imprimé en France par HÉRISSEY - 27000 Évreux
Dépôt imprimeur : 95949 - éditeur n° 43641
32.10.2255.1/01 - ISBN : 2.01.116775.1
Loi n° 49-956 du 16 juillet 1949 sur les publications destinées à la jeunesse
Dépôt légal : avril 2004